나쁜 소년은 없다

나쁜
소년은
없다

월터 딘 마이어스 지음
김선영 옮김

ⅠⅠⅠⅠ 책담

나의 뿌리

우리는 저마다 정해진 내력을 물려받아 태어난다. 외형적인 면을 보면, 눈동자가 갈색일 수도 파란색일 수도 있고, 키가 클 수도 그다지 크지 않을 수도 있으며, 곱슬머리일 수도 생머리일 수도 있다. 부모가 부자일 수도 가난할 수도 있다. 태어난 곳이 북적이는 도시일 수도 한적한 시골 마을일 수도 있다. 저마다 각자의 삶을 사는 거라고 해도, 먼 과거에 있었던 일, 즉 내력은 언제나 우리에게 영향력을 발휘한다. 내 삶은 어떤 영향을 받았을까 생각하다가, 내가 태어나기 이전의 조상과 사건을 조사하기 시작했다. 나는 내 삶에 어느 정도 영향을 미친 사람들은 대부분 다 찾아보았다. 가계도를 조사하고 통계 자료와 옛날 사진들을 훑어보았다.

루카스 D. 데니스라는 조상은 웨스트버지니아 대학교에 있는 공공사업 진흥책 자료에 기록이 있었다. 공공사업 진흥책은 대공황 시절에 정부가 일자리를 창출하기 위해 만든 프로그램이다. 당시 여러 가지 프로젝트가 시작되었는데, 그중 하나가 미국 각 주의 역사 찾기였다. 웨스트버지니아 주 역사 인터뷰 기록에 이런 문구가 있었다.

노예의 인생

루카스 D. 데니스는 남북전쟁 이전에 스티브 댄드리지가 소유한 노예 150명 중 한 명이다. 이 노예는 현재 94세다. 제퍼슨 카운티 출생이며 성격은 굉장히 밝고, 치아도 아직 2개 남아 있다. 머리는 백발이고 턱에는 수염이 텁수룩한데, 이 역시 백발이다.

남북전쟁이 끝난 후, 병영으로 이용했던 하퍼스 페리에 집을 지었다고 한다. 그의 집은 필모어 애비뉴에 있는데, 모퉁이를 돌아 길을 따라가다 보면 많은 군인들 시체를 매장했던 장소가 나온다. 이곳의 유해는 발굴되어 윈체스터에 묻혔다.

현재 루카스는 아내와 함께 살고 있으며, 아내의 나이는 84세다. 루카스는 급진적인 노예 해방론자 존 브라운을 본 적이 있으며, 그가 교수형을 당하던 날도 생생히 기억하고 있었다.

루카스 D. 데니스는 내 증조할아버지뻘 조상이다. 내 조상들은 남북전쟁이 터지기 전, 버지니아 주 리타운의 '바워' 농장 노예였다. 1870년 통계에는 루카스 D. 데니스가 여전히 농장 거주자로 올라가 있지만, 그는 앞에서 말했듯 하퍼스 페리로 이주했고, 다른 가족들은 바워 농장에서 15킬로미터 남짓 떨어진 마틴스버그로 이주했다는 사실을 나는 친척들에게 들어 알고 있었다. 루카스 D. 데니스가 인터뷰를 했을 즈음은, 마틴스버그로 간 나머지 가족이 그린이라는 성을 쓰는 가족과 사돈을 맺은 후였다. 이 그린 가족의 딸인 메리 돌리 그린이 내 어머니다.

나에게 메리 돌리 그린이라는 여성에 관한 기억은 없다. 1937년 8월 12일 목요일에 나를 낳았다는 사실만 알 뿐이다. 피부색이 밝은 편이고 키가 컸다는 이야기는 전해 들었다. 메리 돌리 그린은 아이가 다섯이었다. 거트루드, 에설, 조지, 나, 이머진. 메리 돌리 그린은 막내 이머진을 낳은 후 얼마 지나지 않아 세상을 떠났다. 내 아버지 조지 마이어스는 아이 일곱 명과 외로이 남겨졌다. 아이가 일곱 명인 이유는, 전처와의 사이에서 낳은 제럴딘과 비올라도 있었기 때문이다. 어머니를 상상하면 친누나들처럼 활짝 웃는 아름다운 젊은 여성이 떠오른다. 나도 어머니에 대한 기억이 있었으면 좋겠다. 그렇지만 지금 '엄마'를 떠올려 보라면 다른 여성이 떠오른다. 나에게 엄마는 아버지의 전처 플로렌스 딘이다.

플로렌스 딘의 어머니, 메리 기어하트는 1800년대 후반에 독일에서 미국으로 건너왔다. 요리사였던 메리 기어하트는 체임버즈버

그 외곽에 정착했다. 그리고 브라운이라는 이름의 미국 원주민과 결혼해서 생긴 딸이 플로렌스 딘이다. 메리 기어하트는 자그마한 체구에 활달한 여성으로, 여러 레스토랑을 전전하다가 마틴스버그의 저먼 호텔 주방에 자리를 잡았다.

플로렌스 딘 역시 일할 나이가 되자 마틴스버그로 이사했다. 그리고 역시 호텔에서 일을 하다가, 내 아버지가 될 흑인 청년을 만났다. 젊은 두 사람은 곧 사귀기 시작해서 플로렌스 딘이 만 열일곱 살 되던 해에 결혼했다. 이 결혼에서 제럴딘과 비올라가 생긴 것이다. 그렇지만 불행히도 결혼은 파경을 맞았고, 플로렌스 딘은 고향으로 돌아갔다. 그렇지만 흑인과 결혼했던 사실을 독일 출신 친척들은 용납하지 못했고, 플로렌스 딘은 달갑지 않은 손님이 된 느낌을 받았다. 결국 볼티모어로 이사해서 그곳에서 내 새아버지가 될 허버트 딘을 만났다.

허버트 딘은 볼티모어에서 아버지와 새어머니, 여동생 낸시와 헤이즐, 남동생 리로이와 살고 있었다. 허버트 딘의 아버지인 윌리엄 딘은 키가 크고 잘생겼지만 독단적인 성격이었다. 성경만 읽을 줄 알면 족하고, 정규 교육은 받을 필요가 없다고 생각했다. 딸들 교육은 말할 필요도 없었다. 윌리엄 딘은 볼티모어에서 작은 사업을 했는데, 마차와 말 몇 필이 자산이었으며, 두 아들이 나이가 차면 사업을 함께하려고 했다. 트럭이 등장해 마차를 대신하기 시작하자 윌리엄 딘은 콧방귀를 뀌었다. 트럭은 한때 유행일 뿐 절대로 오래가지 못한다는 것이었다. 사업이 내리막을 걸어도 요지부동이었다. 허버트 딘은 열 살 무렵부터 돈벌이를 시작했다. 수레를 끌고 길거리를 돌아다니며 나무토막을 모아 난로의 불쏘시개용으로 쪼개서 집집마다 다니며 팔았다. 모두가 구식 석탄 난로를 쓸 때였다. 학교는 3학년까지 다니고 그만두었는데 집에 보탬이 되어야 한다는 사실을 알고 있었기 때문이다.

허버트 딘이 성인이 되었을 즈음, 마차 사업은 어쩌다가 겨우 푼돈이나 버는 정도로 전락했다. 그런데도 윌리엄 딘이 트럭에 투자하기를 거부하자, 허버트 딘과 리로이 딘은 각자 제 갈 길을 가기로 했다. 리로이 딘은 볼티모어 근교에 남고, 허버트 딘은 뉴욕에 가서 운을 시험해 보기로 했다. 그때 허버트 딘은 사귀는 여자가 있었다. 이미 한 번 결혼한 적이 있는 데다 딸도 둘이나 있었지만, 어전히 매력적인 어자였다. 하지만 그 여자, 즉 플로렌스 딘이 백인이기 때문에, 볼티모어에서는 문제가 생길 수 있었다.

허버트 딘은 뉴욕에서라면 문제가 덜할 거라고 생각해서 플로렌스 딘과 결혼한 다음에 할렘으로 왔다. 처음에는 더치 슐츠라는 갱단이 소유한 이사 업체에서 일을 했다. 매일 아침 골목 구석구석에 남자들이 줄을 서서 기다리고 있으면, 슐츠의 트럭이 와서 그날 필요한 사람들을 태워 갔다. 슐츠 일이 없는 날에는 부두에 가서 배의 짐을 내리거나 싣는 일도 가끔 했다. 마지막으로 정착한 것이 뉴욕 시내의 US 라듐사 건물 청소 자리였다.

젊은 부부였던 허버트 딘과 플로렌스 딘은 할렘에서 시끌벅적하게 살았다. 허버트 딘의 어린 시절 친구인 클릭 웹이 자신의 유명한 연예계 친구들을 소개해 주었다. 흑인 최고의 탭댄서 빌 로빈슨이나 재즈 피아니스트 패츠 월러 같은 사람들이었다. 허버트 딘은 음악계에 입문할 생각에 들떠 전당포에서 트롬본을 샀다. 하지만 플로렌스 딘은 트롬본은 질색이었고 재즈도 싫었으며, 그저 친아버지에게 두고 온 딸들을 데려오고 싶었다.

허버트 딘도 플로렌스 딘의 딸 제럴딘과 비올라를 뉴욕으로 데려오는 데 찬성이었다. 허버트 딘은 그때 막 산 까만 포드를 몰고 마틴스버그로 갔다. 거기서 플로렌스 딘의 전남편과 두 딸 제럴딘과 비올라, 전남편의 아이들을 만났다. 허버트 딘과 플로렌스 딘은 먼저 두 딸을 할렘으로 데려가고 몇 달 후, 아들 중 나이가 어린 월터 밀턴 마이어스도 데려오기로 마음먹었다.

할렘

할렘은 내가 처음으로 '집'으로 기억하는 곳이다. 마법 같은 공간이었다. 다세대주택 창문 사이로 활기 넘치는 음악이 흘러나와 골목은 항상 시끌벅적했고, 생기 넘치는 정취가 가슴을 뛰게 했다. 가장 오래된 기억은 일요일 아침이면 나를 주일학교로 데려가던 아줌마의 모습이다. 아줌마는 적을 때는 다섯 명, 많을 때는 열 명쯤 되는 동네 아이들과 함께 나타나서 126번가의 우리 집 초인종을 눌렀고, 우리는 〈예수님 나를 사랑하시네〉라는 노래를 합창하며 손을 잡고 아비시니아 침례교회까지 걸어갔다. 누군지도 모르는 예수님이 나를 그토록 생각해 준다는 데에 안심했던 기억이 난다. 예배가 끝나면 아줌마는 다시 아이들을 집으로 데려다주었는데, 돌아갈 때도 서로 손을 잡고 노래를 부르며 할렘 거리를 걸었다.

어린 시절 나에게 삶이란 당시 막 엄마라고 부르게 된 여성과 함께 있는 것이었다. 플로렌스 딘, 즉 엄마가 집에 있을 때면 나는 청소하는 엄마를 따라 이 방 저 방을 쫓아다녔다. 머릿속에 떠오르는 이야기를 무엇이든 종알거리곤 했는데, 엄마는 언제나 내 이야기를 들어준다는 사실을 알고 있었기 때문이다. 엄마는 먼지 한 톨 없이 깨끗하게 집안을 청소했다. 시간을 정해 두고 바닥을 빗자루로 쓸고 걸레로 닦았다. 옷가지를 빠는 시간도 있고 다림질하고 깨끗하게 정리한 다음 제자리에 넣어 두는 시간도 따로 있었다. 휴일은 찬장의 접시를 모두 꺼내 설거지하고 잘 말려서 다시 넣어 두는 날이었다. 한 번도 쓰지 않은 접시도 예외는 아니었고, 찬장에 달린 유리창도 닦았다.

내가 뉴욕에 처음 왔을 무렵에는 엄마가 바깥일을 하지 않았지만, 언제부턴가 일을 하러 나갔는데 다섯 살 즈음으로 기억한다. 엄마는 자신이 하는 일을 '일용직'이라고 불렀는데, 다른 사람의 아파트를 청소해 주고 그날그날 돈을 받는다는 뜻이었다. 엄마가 일하러 나가는 날에는 같은 건물에 사는 아줌마가 나를 맡아 주었다. 아줌마는 그 귀찮은 일을 자신의 아이들에게 떠넘겼다. 그 아이들은 벽장에 숨어 귀신 행세를 하며 나를 괴롭혔다. 나는 순간순간 겁에 질려 비명을 질렀고 그 모습에 아이들은 즐거워했다.

어떤 아이들은 아무 생각 없이 아주 잔인해질 수 있다는 걸 그때 배웠다.

당시는 신용카드가 없었지만 골목 가게에는 그와 똑같은 방식으로 쓸 수 있는 장부가 있었다. 엄마는 내가 한시라도 배를 굶을까 봐 가게 주인과 협의를 했다. 내가 배가 고프다고 하면 먼저 음식을 내어 주고 엄마 장부에 값을 달아 놓기로 한 것이다. 하지만 내가 실제로 먹은 것은 네모난 조각 초콜릿이었고, 곧 온 동네 아이들에게 내가 '공짜' 초콜릿을 얻을 수 있다는 소문이 났다. 어느 주말, 가게 주인과 나는 혼쭐이 났고, 결국 엄마 장부는 비참한 결말을 맞았다.

내가 할렘에서 가장 사랑했던 것은 음악이다. 어디에나 라디오가 있어서 꼬마 여자아이들도 듀크 엘링턴, 캡 캘러웨이, 글렌 밀런 같은 음악에 맞춰 줄넘기를 했다. 집에서는 제럴딘 누나와 비올라 누나가 함께 춤을 춰 주었지만, 골목의 여자아이들은 나를 전혀 상대해 주지 않았다. 나는 어쩔 수 없이 혼자 춤을 추며 놀았는데 독학으로 춤을 개발해 '부기'라고 불렀다. 그 춤이 꽤 그럴듯해 보였는지, 지나가던 사람들이 동전을 던져 주었다. 동전이 어느 정도 모이면 가게로 달려가 아이스바를 사 먹었다. 그렇게 몇 시간이나 계속할 만큼 재미있었지만, 결국 어느 날 배탈이 나서 울면서 집으로 돌아왔다. 퇴근하고 집에 온 엄마는 나를 변기에 앉힌 다음, 욕조 끝에 앉아 내 배를 쓰다듬어 주었다. 잠시 후, 엄마는 나를 품에 안고 니커보커 병원으로 달려갔다. 엄마는 내 장을 통과해 나온 빨간 물을 피라고 생각했고, 의사들도 놀라긴 마찬가지였다. 하지만 여러 검사 끝에, 내가 아이스바를 너무 먹은 탓에 식용 색소가 그대로 나왔다는 사실이 밝혀졌다. 엄마는 낮 시간 동안 나를 잘 돌봐 줄 다른 아줌마를 구했다. 이미 다른 아이들도 여럿 돌보고 있는 아줌마였다.

아줌마네 집 뒷마당에는 작은 놀이터가 있었는데, 나는 그곳이 아주 마음에 들었다. 분명 철봉에는 올라가지 말라는 주의를 들었지만 아랑곳하지 않았다. 끝까지 오를 때는 덤덤했는데 떨어질 때는 짜릿했다. 나는 거꾸로 떨어져 시멘트 바닥에 머리를 박았다. 가뜩이나 큰 머리에 붕대까지 감았으니 그날 내 꼴이 볼만했을 것이다. 저녁이 되자 엄마가 데리러 왔다. 엄마는 한동안 집에 있으면서 나를 돌보기로 했다.

누나들은 둘 다 이미 십대에 접어들어서 또래들이 할 수 있는 일을 하고 있었다. 나는 집안의 막내이자 유일한 아들로 나에게 쏟아지는 관심을 즐겼다. 엄마에게 나만 봐 달라고 떼를 썼고, 엄마가 딸들에게 관심을 나눠 주면 질투했다. 한번은 제럴딘 누나가 예쁜 손목시계를 선물로 받아오자 약이 올랐다. 보통 때와 다를 것 없는 누나가 시계 덕분에 특별해 보였다.

"엄마, 나 오 센트만 주면 안 돼?"

나는 엄마한테 물었다. 누나가 시계를 선물받은 지 일주일이 지나서였다. 엄마는 이마에 땀을 뚝뚝 흘리면서 뜨거운 물이 가득 찬 빨래 통에 침대 시트를 빨고 있었다. 긴 막대로 시트를 통 안으로 밀어 넣으면서 엄마는 고개를 저었다.

"나 오 센트만 주면 안 되냐고?"

나는 다시 물었다. 엄마가 빨래를 잠깐 멈추었으면 좋겠다는 뜻이었다. 어쩌면 가게로 나를 데려가 아이스바를 사 줄 수도 있었다.

"월터, 좀 이따가. 엄마 지금 바빠. 나가서 놀아."

"그럼 제럴딘 누나 시계 깨 버릴 거야."

나는 말대답을 했다.

"월터, 거실에 가서 놀라니까!"

단호한 목소리였다.

시계는 호락호락 깨지지 않았다. 먼저 내 신발로 내리쳤는데, 아무렇지도 않았다. 아빠 신발로 해봐도 멀쩡했다. 마지막으로 신발 두 켤레를 같이 들고 힘껏 내리쳤다. 크리스털 창에 금이 간 것이 보였다. 나는 자랑스럽게 시계를 들고 엄마한테 갔다.

철썩, 철썩, 또 철썩. 힘이 센 엄마가 내 셔츠 어깻죽지를 잡고 들어 올렸기 때문에 발이 땅에 잘 닿지도 않았다. 시트를 빼느라 흘리던 땀을 여전히 흘리면서, 엄마는 허리띠를 꺼내들었다. 그 순간부터 허리띠는 '채찍'이 되었다. 시계를 깨 버리겠다는 내 말을 엄마가 처음부터 믿기만 했어도 시계가 깨지는 일은 없었을 것이다.

하지만 엄마는 내 말을 믿는 대신 내 손바닥과 종아리에 벌건 허리띠 자국을 남겼다. 일을 마치고 돌아온 제럴딘 누나도 울상을 지었다.

나에게는 훈육이 필요했지만 나를 입양한 아버지는 내가 우는 모습을 보고 싶어 하지 않았다. 그래서 엄마가 다시 일을 하러 나가게 되자, 나를 낸시 고모에게 맡겼다. 아버지 동생인 낸시 고모는 뉴욕 시내 남쪽에 살고 있었다.

낸시 고모가 사는 디비전 가는 할렘만큼이나 환상적이었다. 거리에는 흑인이 거의 없었는데, 내가 한 여섯 살 즈음이어서 인종에 대한 개념이 아주 희미할 때였다. 나에게 디비전 가란 그저 낸시 고모와 내가 해리슨 아저씨라고 불렀던 고모부가 사는 곳이자, 고모네 베이커리와 노점상, 맛초를 굽는 공장, 그리고 유대인 아이들이 있는 곳일 뿐이었다. 엄마는 나를 일요일 밤에 고모에게 맡겼다가 금요일에 데려가고는 했다.

낸시 고모는 아주 뚱뚱하고 키도 컸다. 내가 평생 동안 본 여자 중에 제일 덩치가 컸고, 피부색이 아버지와 똑같은 갈색이었다. 친절한 낸시 고모는 좋았지만, 대낮에 꼭 낮잠을 자는 고모의 습관은 딱 질색이었다. 게다가 고모는 나도 함께 자야 한다고 우겼는데 정말로 싫었다. 나는 원래 자는 걸 싫어해서, 밤이 컴컴해져도 자러 가기 싫어했기에 더욱이 해가 중천에 떠 있을 때 자고 싶지는 않았다. 그러거나 말거나 오후가 되면 고모는 베이커리에서 나와 이층 침대로 향했다.

낸시 고모네 거실에는 악어 모양 무쇠 재떨이가 있었는데, 높이가 내 키만 했다. 악어는 유리 눈알과 단단한 무쇠 비늘을 등에 달고 있었다. 유리 눈알 한 쪽이 나를 향하는 듯한 생각이 든 것이 한두 번이 아니다. 나는 그 악어도 싫었다.

낸시 고모는 거의 온 종일 베이커리에서 일했다. 나는 오후에는 베이커리 앞에서 놀 수 있었는데 거기서 다른 아이들도 만났다. 그 아이들이 유대인 남자아이들은 때려도 괜찮다고 알려 주었다.

유대인 남자아이들은 늘 엄마와 함께 거리로 나왔다. 머리는 옆으로 길게 빼고, 가끔은 너무 커 보이는 셔츠를 입었다. 유대인 아이들은 맞아도 되받아치지 않고 엄마한테로 도망갔다. 나도 덩치 큰 아이들이 찍어 놓은 먹잇감들을 쫓아가 때려 보았지만, 유대인 아이들은 받아치지 않았다. 그런데 문제는 쫓아가다가 골목을 꺾어 엄마들 눈이 닿지 않는 곳으로 가면, 반격이 시작된다는 점이었다. 유대인 아이들은 한동안 작정을 하고 골목 어귀에 서 있었다. 어리바리하게 따라온 아이들이 방심한 사이에 콧잔등에 한 방을 먹이려는 속셈이었다. 맛초 공장 직원들은 그런 우리를 떼어 놓고 금방 구운 따끈한 맛초를 모두에게 주기도 했다. 그건 최고였다.

엄마가 언제나 일하러 나가진 않았다. 내 인생 최고의 순간은 엄마가 집에 있을 때였다. 낮에는 함께 125번가를 따라 걸어내려가 125번가에서 가장 큰 상점인 스마일렌 브라더스나 블룸스타인을 구경했다. 125번가는 늘 사람들로 북적였는데 흑인도 많고 백인도 많았다. 쇼핑을 나온 사람들은 신발 가게 앞에서 멈춰 서기도 하고, 컵케이크 같은 간식을 먹으면서 걸어 다니기도 했다. 엄마와 나는 동쪽으로 걸어갔다가 다시 125번가 북쪽 구역으로 되돌아오곤 했다. 북쪽에는 허버트 다이아몬드 같은 큰 보석상이 있고, 좋은 극장도 많았다. 제일 먼저 RKO 알람브라 극장에 어떤 영화를 상영하는지 보고, 로이브 극장도 들렀다. 아폴로 극장 앞에 멈춰 서서 벽에 붙은 전단을 볼 때도 있었고, 또 가끔은 특별히 오락실에 갈 때도 있었다. 아주 가끔은 거리를 따라 이스트사이드까지 내려가서 고가 철도 아래 펼쳐진 시장 좌판을 구경하기도 했다.

외출하지 않는 날에는 라디오 드라마를 함께 들었는데 엄마는 〈헬렌트렌트〉를 좋아했다. 또 엄마는 〈트루로맨스〉라는 잡지를 좋아해서, 나를 무릎에 앉히고 큰 소리로 읽어 주기도 했다. 햇빛 쏟아지는 할렘의 주방을 가득 울리는 엄마의 목소리는 특별한 음악 같았다. 오로지 나만을 위한 음악이었다. 오직 우리 둘만 알아듣는 비밀 언어라고 해도 좋았다. 누나들이나 아빠하고 이야기할 때는 그런 특별한 목소리가 아니었다. 엄마는 키가 150센티미터나 될까, 아주 작은 사람이어서 얼마 지나지 않아 엄마 무릎에 앉기에는 내가 너무 커 버렸다. 그때부터 엄마는 식탁 의자에 앉고, 나는 내가 좋아하는 의자에 앉았다. 팔걸이만 나무로 된 천으로 덮인 의자였다. 나는 그렇게 앉아 엄마 목소리가 만들어 내는 음악을 들었다. 엄마는 반쯤은 읽는 듯 반쯤은 연기를 하는 듯, 잃어버린 사랑과 뜻밖에 찾아온 열정을 들려주었다.

엄마도 나와 이야기하는 것을 좋아했다. 다른 사람에게 말할 수 없는 이야기도 나한테는 털어놓았던 것 같다. 한번은 엄마가 요들송을 좋아한다고 했다. 어렸을 때 자주 불렀다면서. 나를 위해 부르는 요들송은 근사했다. 나중에 그 이야기를 들은 아빠는 웃음을 터뜨렸고, 엄마는 아빠에게 절대로 요들송을 불러 주지 않았다. 엄마는 나에게 어렵지 않은, 예를 들면 내일의 날씨 같은 질문들을 했고, 하던 일을 멈추고 내 대답을 기다려 주었다. 내 머릿속에는 늘 대답할 말이 있었기에 가능한 한 빨리 말하려고 애썼다. 할 수 있는 한 가장 그럴듯하게 배열해서.

"아예 엄마랑 결혼을 해라. 그것참, 할 말 되게 많네."

비올라 누나는 그렇게 불평하곤 했다.

엄마한테 결혼해 달라고 말해 보았지만 거절당했다. 엄마한테는 이미 허버트 딘이라는 남편이 있다고 했다. 몇 년 후, 어디에 어떤 말을 써야 하는지 더 잘 알게 되었을 때는 정작 엄마와 거리낌 없이 대화를 나누는 능력이 없어져 버렸다.

나는 글 읽는 법을 배우고 싶었다기보다는 엄마처럼 되고 싶었다. 글자도, 이야기하는 것도 좋았지만, 무엇보다 엄마가 해주었던 것처럼 잡지 속 이야기를 들려주고 싶었다. 나도 글을 읽고 싶다고 말하자, 엄마는 우리의 의자 위치를 바꾸었다. 그리고 한 단어 한 단어 손으로 가리키며 글을 읽어 주었다. 그렇게 나는 조금씩 글자를 깨쳐 얼마 지나지 않아 엄마가 집안일을 하는 동안 잡지를 읽어 줄 수 있을 만큼 되었다. 읽을거리는 엄마의 〈트루로맨스〉나 고전 만화책이 고작이었다. 하지만 무슨 뜻인지도 잘 모르면서 나는 그냥 계속 읽었다.

1학년 시절에 박수를!

학교에 입학했을 때 나는 이미 2학년 수준으로 글을 읽었다. 그 래서 2학년으로 월반을 하는 것이 어떻겠냐는 이야기가 나왔다. 사실 덩치도 2학년 아이들만큼 컸다. 그렇지만 나를 맡은 드워킨 선생님이 반대했다.

"글은 2학년처럼 곧잘 이해해요. 그런데 2학년으로 올라가기에 는 말하기가 조금 문제가 있어요."

나는 스스로 말을 아주 잘한다고 생각했기 때문에, 말하기에 문 제가 있다는 말은 이해할 수 없었다. 그렇지만 나는 드워킨 선생님 이 좋았다. 선생님은 언제나 학생들을 잘 안아 주었다. 반에서 누 군가 착한 일을 하면, 그 아이는 선생님 품 속에서 아주 착한 아이라는 칭찬을 들을 수 있었다. 그런 선생님 반을 서둘러 나올 이유는 하나도 없었다.

수업 시간에는 나뭇잎이나 오려 낸 그림을 두꺼운 색지에 붙일 때 찐득한 하얀 풀을 썼다. 그 풀이 담긴 통을 실수로 무릎에 엎지른 것이 내가 1학년 시절에 겪은 유일한 고난이다. 한 아이가 보고 웃기에, 무릎에서 풀을 떼어 내서 그 아이 무릎에 묻혔다. 드워킨 선생님은 나를 거의 한 시간 동안 교실 구석에 세워 두었다. 그런 '사고'가 있기는 했지만, 나는 125공립학교가 좋았고 학교라는 곳이 아주 마음에 들었다. 학교에서는 또래 친구들을 잔뜩 만나서 함께 놀고, 드워킨 선생님이 읽어 주는 이야기도 들을 수 있었다. 내가 말을 좀 이상하게 한다는 사실을 깨달은 것은 2학년에 올라가서였다.

"다바! 다바! 다바!"

매뉴얼 버닐라가 나를 놀렸다. 내 얼굴에 자기 얼굴을 바짝 들이대더니, 더듬거리는 내 발음을 흉내 냈다. 반 아이들이 모두 우리를 보고 있었다.

"다바! 다바!"

매뉴얼 버닐라는 계속 놀려 대다가 결국엔 내 주먹에 얼굴을 한 방 얻어맞고야 말았다. 2학년 담임인 바워 선생님이 교실에 도착했을 때, 매뉴얼은 반 아이들에게 둘러싸여 있었다. 교실 바닥에 쭉 뻗은 채로.

"선생님, 매뉴얼 죽었어요?"

누군가 물었다.

당연히 매뉴얼은 죽음 근처에도 가지 않았지만, 그렇다고 해서 선생님이 나를 교장실로 보내지 않은 것은 아니었다. 또 교장실이었다.

그런데 사실 나는 교장실도 좋아했다. 선생님들이 교장실을 들락날락하며 그날 먹을 점심 메뉴며 전날 밤에 있었던 일을 이야기하는 모습이 신기했다. 그럴 때면 선생님들도 보통 사람 같았다. 플린 교장 선생님도 좋았다. 우아하고 키가 큰 여자였는데, 학생들에게는 선생님만의 방식으로 말했다. 그 말을 듣고 있으면 왠지 내가 좋은 사람이 된 것 같았다. 사실은 벌을 받는 중인데도 말이다. 매뉴얼 사건으로 '나는 125공립학교 교내에서 다시는 절대로 다른 학생을 때리지 않겠습니다.'라는 문장을 오백 번 쓰는 벌을 받았다.

원래 경찰서였던 학교에는 지하 감옥의 죄수들 영혼이 떠돈다는 소문이 있었다. 감옥에서 죽은 죄수들이 밤새도록 울부짖는다고 했다. 지하실에 갇힌다면 문제겠지만, 문장을 쓰는 일은 그게 무슨 내용이든 아무렇지도 않았다. 당시 나에게 감옥이란 돈을 내야만 빠져나올 수 있는 곳이었다. 아빠 동생이자 우리가 리 삼촌이라고 부르던 리로이 삼촌이 교도소에 있었는데, 변호사들이 리 삼촌 '건'을 해결하려면 돈을 보내라는 편지를 수도 없이 보냈다. 알고 보니 리 삼촌은 내가 그때까지 산 인생보다 더 오래 교도소에 살고 있었다.

딱 하나, 교장실에 가서 벌을 받는 데는 진짜로 나쁜 점이 있었다. 바워 선생님은 기분이 상하면 수업을 중단하고 책을 읽어 주곤 했다. 《초원의 집》을 중간까지 읽었을 때니까, 나는 교장실에 갇힌 탓에 중간 부분을 놓쳤다. 작은 오두막 안에 있을 로라와 오두막 대문에 바짝 붙어 서서 들어갈 틈을 엿보는 온갖 종류의 곰과 으스스한 사람들을 상상했다. 선생님이 인디언 그림을 보여 준 적이 있는데, 반쯤 벗은 그림 속 인디언은 까무잡잡한 피부색에 눈초리도 사나웠다. 인디언 하면 생각나는 것들은 죄다 나쁘기만 했다. 우리 엄마가 인디언이라고는 생각하지 않았지만, 외할아버지는 걱정스러웠다.

"교실로 돌아가서 오늘 숙제 알려 달라고 말씀드리렴. 숙제도 하고, 문장 오백 번 쓰기도 해야 한다."

교장 선생님이 말했다.

교실에 들어가 보니 막 하교할 시간이었다.

"바워 선생님이 네가 심했다고 하셨어."

옆에서 누가 알려 주었다.

난 내가 심했다고 생각하지 않았기에 책상 아래로 그 아이를 한 방 먹이는 걸로 내 생각을 똑똑히 알려 주었다.

집에서는 학교는 어땠냐고 묻는 엄마에게 그냥 괜찮았다고 대답했다. 나는 공책을 펴고 1부터 500까지 번호를 매겼다. 공책이 그렇게 많이 들 줄 몰랐다. 그런 다음 자를 대고, 왼편 맨 아랫줄까지 세로로 직선을 그었다. 직선은 500개의 'ㅏ'에서 세로획이 될 거였다. 하지만 막상 '나는 125공립학교 교내에서……'로 시작하는 문장을 써 보니까, 공책 한 줄에 다 들어가지 않았다. 뭔가 억울했다.

그 사이 우리 가족은 모닝사이드 애비뉴의 새집으로 이사했다. 도로 폭이 넓고 경관이 아름다운 곳이었다. 대로를 중심으로 한편에는 아파트가 늘어서 있고, 맞은편에 모닝사이드 파크가 보였다. 나중에 알았는데, 모닝사이드 파크가 할렘의 서쪽 경계였다. 한참을 가면 컬럼비아 대학과 그랜트 장군의 묘, 리버사이드 교회가 나온다는 것을 몇 년 살고서 알게 되었다. 우리가 사는 5층 건물은 계단만 있었는데 우리 집은 4층이었다. 층마다 계단 입구에 가스등이 붙박이로 달려 있었지만 전기가 들어오므로 실제로 쓰지는 않았다. 아파트 현관을 들어서면 타일이 깔린 널찍한 공간이 나왔다. 1층에서 아홉 계단을 올라가서 꺾어진 다음 일곱 계단을 올라가면 2층이었다. 누군가한테 쫓길 경우에 도망칠 시간을 최소한 몇 초는 버는 구조였다.

우리 아파트는 121번가와 122번가 사이에, 할렘 중심가인 125번가에서 겨우 세 블록 떨어져 있었다. 122번가 모퉁이에는 제법 큰 장로교회인 '그리스도의 교회'가 있었는데, 어린 시절 나는 그곳에서 많은 시간을 보냈다. 교회에는 웅장한 파이프 오르간이 있었다. 뒤에서 뻗어 나온 파이프가 저 높은 곳을 향해 나아가는 느낌이었다. 교회 본관 옆에는 체육관과 강당이 있었다. 체육관은 천장이 몹시 낮아서, 농구 경기에서 골을 넣을 때 높이 뛰어오르지 못하는 선수를 보면 우리 교회 출신으로 짐작할 수 있었다.

우리 아파트는 원래 침실 하나에 주방과 부엌, 거실과 아이 방이 하나 딸린 구조로 설계되었다. 우리 다섯 식구가 4S호로 이사했을 때, 엄마는 실내가 널찍하다며 무척 기뻐했다. 가끔씩 열 명이 넘는 식구가 함께 사는 집도 있었지만, 대부분 대여섯 명이 살았다. 원래 그렇게 여럿이 살도록 설계하지 않았지만 그것이 할렘 방식이었다. 사람들을 할 수 있는 한 최선을 다해 살게 했다.

2학년 시절은 온통 《초원의 집》의 '로라의 모험'만이 기억에 남지만, 사실 2차 세계대전이 한창인 때였다. 학교에 다들 신문을 들고 왔고, 한 달에 한 번씩 깡통에 든 식료품을 모으기도 했다. 아빠는 해군으로 징병되었고, 엄마와 누나들은 직물 공장에서 일을 시작했다. 나는 이제 다 컸으니 방과 후에 따로 돌봐 주지 않아도 된다고 결정나서, 나한테도 열쇠가 생겼다.

"너도 다 컸으니까, 어디 갈 때는 현관문 잘 잠그고 불도 꼭 꺼야 한다."

엄마가 말했다.

나는 큰 편이었다. 아홉 살인데 반에서 덩치가 제일 컸고, 키는 엄마만큼 자랐다. 엄마 키는 150센티가 채 안 되었지만 말이다. 매해 여름이면 그리스도의 교회 성경 학교에서는 비닐 끈으로 줄을 꼬는 법을 가르쳐 주었다. 나는 줄 끝에 달린 클립에 열쇠고리를 끼웠다. 우리 동네에서 맞벌이 부모를 둔 아이들은 거의 다 성경 학교에서 만든 줄이나 플라스틱 열쇠고리에 열쇠를 끼워 목에 걸고 다녔다.

나만의 열쇠가 생겼다는 것은 두 가지 이유에서 아주 짜릿했다. 첫 번째 이유는, 현관문을 잠그거나 열 때마다 어른이 된 것 같았다. 두 번째 이유는 일명 '서부 할렘의 이상한 마녀'인 도드슨 아줌마와 관련이 있었다. 이 아줌마는 내 삶을 망치는 데 아주 열심이었다.

"딘 부인, 애가 총을 가지고 놀게 하면 안 돼요."

그전 해에 도드슨 아줌마는 단호하게 말했다.

내가 친구를 쫓아 서부극에 나오는 론 레인저 장난감 총에서 불을 뿜으면서 121번가를 달리는 모습을 봤다는 것이다. 친구에게는 레드라이더 총을 발사할 기회도 주지 않고 모닝사이드 애비뉴 72번지로 몰고 있었다고 했다. 그곳은 바로 서부 할렘의 이상한 마녀 집 앞이다.

엄마는 도드슨 아줌마가 고등 교육을 받은 '검둥이'기 때문에 그 말을 귀담아 들어야 한다고 생각했다. 내가 눈물을 흘리며 빼앗긴 론 레인저 총은 창고로 들어가고 말았다. 도드슨 아줌마의 독기 서린 눈에 띈 그다음 목표는 만화책이었다.

"만화책은 교도소로 가는 지름길이랍니다."

도드슨 아줌마가 말했다.

나는 만화책을 집에 가지고 갈 수 없게 되었다. 서부 할렘의 이상한 마녀는 언젠가 내가 자기에게 감사할 날이 올 거라고 했다. 하지만 도드슨 아줌마는 나를 잘 몰랐고, 우리 옆집에 사는 '교활한' 랠프 윌리엄스 형에 대해서는 더군다나 잘 몰랐다.

랠프 형은 세계에서 만화책을 제일 많이 가진 사람이었다. 나보다 세 살 많은데, 서로 이야기를 한 적은 거의 없었다. 다만 형은 한 달에 한 번, 만화책을 한 무더기씩 버렸다. 어떨 때는 열다섯 권을 버렸고, 가끔은 그 두 배를 버렸다. 만화책이 형네 현관 앞에 가지런히 쌓이면, 아파트 관리인이 지하실로 가지고 갔다. 집 열쇠가 생긴 즉시, 나는 만화책을 가지고 들어올 방법을 알아차렸다. 엄마가 집을 나서면 만화책부터 집안으로 가지고 들어왔다. 우선 1층으로 만화책을 가지고 내려가서 계단 아래에 잘 숨겼다가 엄마가 출근하면 슬며시 내려가서 들고 올라왔다. 랠프 형과 달리 나는 만화책을 버리지 않고 소장했다. 엄마는 이웃들에게 내가 만화책을 전혀 읽지 않는다고 말했지만, 사실 내 침대 밑에는 이백여 권이 안전하게 보관되어 있었다.

나는 글을 잘 읽었고 그 사실을 스스로도 잘 알고 있었지만 읽기 과목 성적은 결코 우수하지 못했다. 성적표에서 내 교칙 준수 평가 항목은 주로 보통 C나 D였는데, 교칙 준수에서 나쁜 평가를 받으면 다른 과목 성적도 깎는 것 같았다. 방과 후에는 만화책만 읽었는데 랠프 형이 사 모으는 대로 닥치는 대로 다 읽었다.

만화책은 금지라고 생각하니 더 매력적이었다. 반 친구에게 빌려주기도 하고 물물교환도 하면서, 나는 금방 우리 반의 만화책 왕이 되었다. 라디오 연속극도 만화책의 연장선상이었다. 엄마는 나와 함께 라디오 연속극을 즐겨 들었다.

학교에서는 말하기 교정 수업을 받기 시작했다. 교정 선생님이 일주일에 한 번, 학교로 와서 말하기에 문제가 있는 학생들을 교정했는데, 나도 그들 중 하나였다. 교정 선생님은 내가 똑바로 발음할 수 있도록 애써 주었지만, 나는 똑바로 발음할 수가 없었다. 내 귀에는 내 발음이 또렷하게 들린다는 것이 문제였다. 선생님이 같은 문단을 계속해서 다시 읽어 보라고 할 때마다 답답했다. 발음이 정확하지 않다고 그 뜻도 모른다고 생각할 때도 마찬가지로 답답했다. 읽기나 받아쓰기처럼 잘하는 과목도 분명 있는데, 왠지 말하기가 너무나 중요하게 느껴졌다. 내가 말할 때 아이들이 웃으면 화가 치밀었다. 심지어 아이들이 웃는 것 같기만 해도 화가 났다. 처음에는 소리를 질렀지만, 곧 아이들을 주먹으로 때리게 되었다.

3학년이 끝나갈 무렵, 나는 아이들을 때리고 다녔고 담임인 차이스 선생님은 매를 들었다. 방학을 한 주 남기고는 적어도 하루에 한 번은 매를 맞았다. 그런데 그걸 할렘 마녀의 딸인 도로시가 자기 엄마한테 고자질했고, 이야기를 전해 들은 우리 엄마가 학교로 달려와 선생님에게 다시는 나를 때리지 말라고 으름장을 놓았다. 선생님은 그 후로 나를 때리지 않았지만, 체육과 출석을 제외한 읽기, 산수, 품행 등 모든 과목에 낙제점을 주었다. 내 성적표는 진한 빨간색 표시와 눈썹 모양 알파벳인 C나 D로 어지러웠다. 심지어 읽기 과목까지 C였다.

성적표 교칙 준수 항목의 빨간 표시는 우리 집에서 매를 보장하는 확실한 사유였다. 담임 선생님이 나를 미워한다는 사실도 교칙 준수 등급이 나쁜 데에 정당한 이유가 되진 못했다. 그날 밤 나는 매를 맞았고, 성적이 나쁜 과목은 여름 내내 보충하기로 했다. 매를 든 엄마는 몹시 화가 나서 아직 끝나지 않았다고 했지만 화가 오래 가지 않는 엄마의 성격을 알기 때문에 별로 걱정스럽지 않았다. 게다가 제럴딘 누나가 정확히 지적했듯, 나는 이제 4학년이었다.

꼬이는 학교생활

비올라 누나는 1944년에 '프랭크 로'라는 군인과 결혼해서 1945년 4월에 프랭크 스디븐 로를 낳았다. 3학년을 마친 내 성적표에는 온통 빨간 동그라미 속 형편없는 등급뿐이어서 엄마는 몹시 화가 나 있었다. 흑인 대학을 졸업하고 간판 같은 것을 제작하던 프랭크 매형이 나에게 산수를 가르치겠다고 나섰다. 산수 성적이 제일 나빴기 때문이다. 지금 기억하기로 내 산수 실력은 평균 정도였다. 다만 학기 내내 담임 선생님의 미움을 샀고, 선생님은 그 사실을 성적표의 빈칸을 채우면서 다시금 확인시켜 준 것이다.

엄마는 내가 좋아하는 성경 학교에 못 가게 하겠다며 위협했지만, 결국 합의를 보았다. 나는 성경 학교가 끝나면 곧장 집으로 와서 매형과 함께 매일 두 시간씩 산수 문제를 풀기로 했다.

매형은 산수는 무조건 외워야 한다고 생각하는 사람이어서 매일 곱셈 문제를 백 개씩 내고 즉시 대답하라고 했다. 하나 틀릴 때마다 문제가 또 백 개 늘었다. 예를 들어 매형이 '구 곱하기 칠은?' 하고 물으면 나는 곧바로 '육십삼'이라고 대답해야 했다. '어, 육십삼'은 틀린 답으로 쳤고, '육십, 어, 삼'도 마찬가지였다. 나는 산수를 싫어하는 법을 배웠다.

비올라 누나가 결혼하고 제럴딘 누나도 성인이 되면서, 내 침대는 거실 소파가 되었다. 소파에 누우면 창문으로 모닝사이드 애비뉴 너머 리버사이드 교회 지붕의 빨간 불빛이 보였다. 왠지 그 빨간 불빛을 보면 마음이 편해졌다. 그렇게 불빛을 바라보다 잠이 드는 날이 많아졌다.

새 학기가 시작되는 9월이 다가오자 나는 기대로 들떴다. 엄마는 이번 학년에는 착실하게 굴어야 한다고 경고했고, 나 역시 기꺼이 그럴 생각이었다. 착한 아이로서 교회에서 배운 대로 하나님 뜻을 실천하며 살고 싶었다. 주로 교회에서 놀던 나에게 그건 아주 중요한 문제였다.

우리 교회의 제임스 H. 로빈슨 목사님은 친절하지만 엄격하셨다. 길거리에 사탕 껍질을 버리는 아이를 보면, 손바닥을 쫙 펴서 아주 세게 엉덩이를 후려쳤다. 교회에서 장례식을 치를 때 교회 벽에 대고 핸드볼을 하는 아이가 있으면, 가슴이 무지막지하게 큰 벨링거 할머니를 보내 호되게 야단치게 했다. 세상 누구도 벨링거 할머니만큼 호통을 잘 칠 수는 없을 것이다.

9월이 되자 개학을 했고, 나는 할렘의 라셀가에 있는 125공립학교로 돌아갔다.

4학년 때 에릭 레온하르트를 만났다. 금발에 눈동자가 파란색인 아이였다. 모닝사이드 하이츠의 암스테르담 애비뉴에 있는 베이커리가 에릭네 집이었다. 에릭의 엄마 아빠가 베이커리의 주인이자 직원이었다. 우리 엄마는 학부모 모임에 참석했다가 에릭 엄마와 나란히 앉게 되었다. 에릭의 엄마도 독일인이어서 특유의 억양이 있었는데 먼저 우리 엄마 옆에 와서 앉았다. 두 엄마가 이야기를 나누는 사이에 에릭과 나도 몇 마디 이야기를 했다. 엄마가 독일어를 얼마나 할 수 있는지는 잘 모르겠으나 알아들을 수는 있는 것 같았다.

4학년이 된 첫 주에 담임인 파커 선생님은 반에서 제일 키가 큰 나와 에릭에게 쿠키 당번을 시켰다. 먼저 우리 반에 쿠키가 몇 개나 필요한지 확인한 다음, 1층으로 내려가 그날의 쿠키 담당 선생님에게 쿠키와 우유를 받아 오는 당번이었다. 선샤인 베이커리가 학교에서 가까웠기 때문에 쿠키는 늘 따뜻하고 달콤했다. 나는 가끔 쿠키를 반으로 갈라 크림 부분을 싹 핥아 먹기도 했다.

파커 선생님이 나를 따로 불러 소문은 익히 들었으니 못된 행동을 했다간 후회하게 될 거라고 했다. 백발에 매부리코, 회색 눈동자가 날카로워 보이는 선생님이었다. 그해 나는 최선을 다해 착한 아이로 살았다. 첫 학기 성적표에서 교칙 준수 등급은 C+를 받았다. 몇 개 과목에서 성적이 나쁘기는 했지만 우수한 성적을 받은 과목도 그 어느 때보다 많았다. 하지만 4월 부활절 방학 다음 날 벌어진 단 한 번의 싸움으로 나는 그해를 완전히 망치고 말았다.

우리 반에 모리스 플리트우드라는 아이가 있었는데, 별명이 버니였다. 말 그대로 매사에 토끼처럼 겁이 많았기 때문이다. 어느 날 말싸움 끝에 내가 버니를 사물함 쪽으로 밀치자 훌쩍훌쩍 울기 시작했다. 버니의 코끝에서 작은 콧물 방울이 달랑거리며 숨을 들이마실 때마다 콧구멍으로 들어갔다가 내쉬면 다시 나왔다.

"넌 이제 월터한테 죽었다. 아마 코피 터질걸?"

여자아이 하나가 버니를 겁주었다.

버니는 그저 코만 훌쩍였다. 훌쩍일 때마다 콧물 방울이 점점 커지는가 싶더니, 나에게 갑자기 달려들었다. 허세라기보다 무서운 나머지 날린 주먹에 내가 쓰러졌다.

모여든 아이들은 맞아 죽기 전에 얼른 도망치라고 버니에게 난리였다. 하지만 버니는 도망치지 않고 정신없이 달려들었다. 눈앞에 별이 번쩍하면서 나는 다시 나동그라졌고, 눈을 뜨려고 애쓰는 사이에 여자아이 하나가 버니를 교실 문 쪽으로 밀었다. 버니는 넘어지듯 달리듯 어쨌든 도망쳤다.

그때 파커 선생님이 교실에 나타났다. 선생님은 반 아이들에게 상황을 듣고는 늘 그렇듯이 모두 내 탓이라고 몰아세우며 다음 날 어머니를 모시고 등교하라고 했다. 그러고도 모자랐는지 아이들에게 내가 약한 아이를 괴롭혔다며 훈계를 늘어놓았다. 그사이 버니에게 얻어맞은 내 왼쪽 눈은 부어올라 뜰 수 없었고, 배까지 꼬일 듯이 아파 왔다. 그 상태에서 선생님의 지독한 비난과 나를 힐끔힐끔 쳐다보는 아이들의 눈초리까지 감당하기는 힘들었다. 나는 책을 꺼내 그것만 빤히 쳐다봤다.

"그 책 집어넣어!"

선생님이 소리를 질렀다.

나는 책을 그대로 던져 버렸다. 교실 구석으로 던져서 얼마나 화가 났는지 보여 줄 생각이었다. 그런데 책을 던지려는 기색을 눈치챈 선생님이 펄쩍 뛰어 구석으로 피했다. 그 바람에 책이 어깨에 맞고 바닥으로 떨어지자 선생님은 고래고래 소리를 질렀다.

"당장 어머니 모시고 와! 어머니 오시면 경찰을 불러 네 녀석을 소년원에 보내 버릴 테다! 고개 숙여! 그 얼굴 보기도 싫으니까!"

나는 고개를 숙인 채 책상을 바라보며 터져 나오는 울음을 애써 참았다. 한 학년 내내 학교에서는 단 한 번도 싸우지 않았고 길에서도 한두 번밖에 싸우지 않았다. 그런데 소년원에 가게 된 것이다.

점심시간이 되자 나는 느릿느릿 집으로 갔다. 배가 찢어질 듯 아팠다. 4층에 도착할 즈음에는 참을 수 없을 지경이었다.

"너, 왜 그래?"

엄마가 진짜 심각할 때만 나오는 목소리로 물었다.

"아무것도 아니야."

나는 배가 안 고프다고 말하고 소파에 누웠다. 엄마가 학교에서 무슨 일이 있었냐고 물었지만 사실을 털어놓을 수 없었다.

"아무 일도 없었어."

엄마는 나를 거실로 데려갔다. 엄마가 라디오를 켜고 곁에 앉는 사이에 나는 소파에 길게 누웠다. 그러다가 갑자기 신물이 넘어왔다. 엄마는 토사물을 닦아 준 다음 내 이마를 짚어 보더니 당장 병원에 가야 한다고 했다. 병원은 갈 수 있다. 그건 다른 문제니까.

젊은 남자 의사가 배가 아프다는 나를 살피고는 전날 먹은 음식을 말해 보라고 했다. 나는 부활절 기념 초콜릿과 사탕을 모두 먹어 치웠다고 했다. 의사는 웃으며 설사약만 먹으면 곧 괜찮을 거라고 했다. 곧이어 상사로 보이는 여의사가 들어와서 나를 다시 진찰했다. 나중에 온 의사는 자신의 진단이 틀린 것 같다는 남자 의사의 말을 잠자코 듣고는 시트를 들어 내 배 오른쪽 아래를 꾹 눌렀다. 내 입에서 비명이 절로 터져 나왔다. 의사는 간호사에게 응급 수술 일정을 잡으라고 지시했다. 한 시간 후, 나는 맹장을 떼어 냈다.

일주일 후, 나는 선물로 받은 책 두 권을 안고 병원 문을 나섰다. 《스푸르스 호수의 밥시 쌍둥이》와 《무임승차》였다.

"그걸 다 읽을 즈음에는 등교할 수 있을 거다."

시드넘 병원까지 책을 들고 병문안을 온 플린 교장 선생님이 말했다.

퇴원해 보니 집에는 아무도 없었다. 엄마도 예전에 일하던 단추 공장에서 다시 일을 시작했기 때문이었다. 나는 혼자 침대에 얌전히 누워 있어야 했다. 좋아하는 라디오는 들어도 되지만, 다 나았다고 할 때까지 나가서 놀거나 과격하게 움직이면 안 된다고 했다. 하지만 나는 언제나 뭔가를 해야 하는 성격이라 가만히 앉아 있을 수가 없었다. 그래서 잠시만 틈이 나도 몸을 움직였다. 잠깐 한 바퀴만 돌고 들어올 생각으로 자전거를 꺼내 세 층을 내려와 거리로 나섰다.

자전거를 탄 지 한 시간 남짓 지났을까, 퇴근하고 오는 아빠가 보였다. 나는 우선 모닝사이드 애비뉴 도로를 가로지른 다음에, 젖 먹던 힘까지 짜내어 자전거를 들고 계단을 올랐다. 힘을 줄 때마다 배가 찢어질듯 했지만, 아빠 말을 거역하고 나간 것을 들킬 수는 없었다. 힘들게 자전거를 집안에 들이고 쓰러지기 직전에 가까스로 소파에 몸을 던졌다. 그리고 간신히 운동화와 양말, 옷가지를 벗고 담요 밑으로 기어 들어갔다. 거실로 들어온 아빠는 자는 척 하는 나를 보고 그대로 지나쳤다.

한 시간 후에 퇴근한 엄마가 특별히 아이스크림을 사 왔는데 먹겠냐고 물었다. 아니라는 대답에 엄마가 내 이마를 짚어 보고 축

축하게 땀이 나는 걸 알았다.

"괜찮은 거냐?"

아빠도 다시 한 번 물으며 거실로 들어왔다.

괜찮다고 대답했지만, 아빠는 그럼 왜 그렇게 웅크리고 있냐고 물었다. 아빠가 담요를 잡아당기자 피가 배어 나오는 붕대가 드러났고, 나는 다시 응급실로 달려가야만 했다.

수술 자리는 벌어져 있었다. 자전거를 타거나 계단으로 들어올릴 때 그랬을 것이다.

"왜 이렇게 됐지?"

의사가 물었다.

"넘어졌어요."

내가 대답했다.

"내출혈이 있을 수도 있습니다."

그게 진단이었다. 나는 하룻밤 더 병원 신세를 지고 집으로 돌아왔다. 엄마는 나를 보살피기 위해 일을 그만두었다.

학교에는 한동안 가지 못했다. 4학년이 끝나 가는 6월 즈음 나는 제럴딘 누나 손에 끌려 등교했다. 교장 선생님이 담임 선생님과 급히 의논한 끝에, 나는 바로 5학년으로 올라가며 학교를 옮기게 되었다.

못된 녀석

1947년 여름은 미국 전역의 흑인 사회가 희망에 부풀던 때였다. 야구에서는 흑인들만 뛰는 리그인 '니그로리그' 출신 재키 로빈슨과 래리 도비가 마침내 메이저리그에 입성했다. 권투에서는 헤비급 세계 챔피언과 웰터급 챔피언이 모두 흑인이었다. 당시 재임 중이던 해리 트루먼 대통령은 미군 인종 통합 문제를 두고 흑인 지도자들과 협의했다. 우리 지역 주간 신문인 〈뉴욕 암스테르담 타임스〉는 미합중국이 처음으로 '검둥이'를 평등하게 대하려고 시도하고 있다는 논평을 내놓았다.

북부 도시에서 자란 다른 흑인 아이들처럼, 나 역시 인종 '문제'를 그다지 실감하지 못했다. 내 생활은 거의 학교와 교회를 중심으로 돌아갔다. 그런데 내가 다녔던 학교들은 인종 통합 학교였고, 교회에는 여러 직함을 단 백인이 늘 있었다. 인종 문제는 나이 많은 흑인 세대들이 해주는 이야기나 뉴스 기사에서 가끔 접할 뿐이었다. 내 최고 관심사였던 스포츠 분야가 흑인의 위상을 잘 보여줬는데, 권투 선수 슈거 레이 로빈슨은 번쩍번쩍한 캐딜락을 몰고 할렘 거리를 드라이브하곤 했다. 우리가 잽싸게 차를 피하지 못하고 길을 막으면, 당장에 고함이 날아왔다. 똑같이 고함으로 대들었다간 슈거 레이 로빈슨이 바로 캐딜락에서 뛰어내려 우리 같은 조무래기 서넛쯤 한방에 보낼 거라는 사실은 모두 잘 알았다. 가끔은 권투 선수 조 루이스가 황제 같은 태도로 어슬렁어슬렁 125번가를 활보했다.

학교나 교회를 벗어나도, 122번가에는 놀 거리가 끊이지 않았다. 122번가는 지켜보는 주부들이 많아 놀기에 안전한 구역이었다. 냉방 장치가 없던 시절이라 주부들은 여름이면 창가에 자리를 잡고 앉아, 바람을 조금이라도 맞아들였다. 창가에 둔 골목 감시용 베개에 팔을 올려 포개고 앉아 있었다. 골목에서 벌어지는 일 중에 주부들이 못 보고 지나치는 일은 없었다.

그해 여름에 예상치 못한 인물이 여러 명 내 삶에 등장했다. 첫 번째 인물은 내 생물학적 아버지 조지 마이어스다. 아버지는 새 부인과 아이들을 데리고 웨스트버지니아를 떠나 할렘의 아파트로 이사했다. 우리 집에서 별로 멀지 않은 아파트였다. 나는 입양된 사실을 진작 알고 있었지만, 법적인 입양 절차를 따로 거치진 않았다. 흑인 지역 사회에도 백인 사회와 마찬가지로 두 가족이 합쳐 사는 경우가 흔했다. 때에 따라 성이 바뀌기도 했지만, 바뀌지 않을 때도 있었다. 내 경우가 그랬다. 학교에서 나는 월터 밀턴 마이어스로 통했다. 그렇지만 우리 가족의 성이 딘이라는 사실을 아는 이웃들에게는 종종 월터 딘으로 불렸다. 나는 월터 마이어스가 더 좋았는데, 여기엔 더할 나위 없이 합당한 이유가 있었다. 월터 마이어스의 첫 자만 따면 약자가 WM이기 때문이다. WM은 바로 쓰나 뒤집어서 쓰나 똑같이 WM이다.

나에게는 친아버지가 있으며 그가 뉴욕이 아닌 다른 지역에 산다는 것은 원래 알고 있었다. 내가 조지 마이어스의 아들이라고, 아니면 내 아버지가 조지 마이어스라고 자각한 적이 있는지조차 기억나지 않지만, 그래도 친아버지와 형제자매들은 궁금했다.

친아버지는 연갈색 피부에 두꺼운 안경을 낀 왜소한 남자였다. 나에게 정중히 인사를 건네며 악수를 청하는 것이 마음에 들었다. 그의 부인인 토미와 내 친형도 만났다. 친형은 아버지와 이름이 똑같은 조지였는데 다들 미키라고 불렀다.

미키 형은 피부색이 나처럼 밝은 편인데 옅은 빨간색 머리카락은 나보다 곧은 편이었고 두 살 어린 나와 키는 엇비슷했다. 형과는 금방 친해졌다. 형도 낯설고 새로운 도시에서 친구가 생겨 좋은 모양이었다. 친아버지 가족이 우리보다 가난했는데 식구 수가 너무 많은 탓 같았다. 미키 형 밑으로도 쌍둥이 동생 호러스와 해리 엇이 있고 또 글로리아라는 여동생이 있었다.

그러고도 뉴욕이 아닌 다른 도시에 살고 있는 내 친누나와 여동생 등 세 명이 더 있었다. 거트루드 누나와 에설 누나, 이머진이었다. 나를 낳아 준 친엄마는 자식이 다섯 명이고, 그중에서 나는 끝에서 두 번째로, 미키 형과 이머진 사이였던 것이다. 나머지 형제자매들은 아버지만 같았다. 점차 내 복잡한 가족 관계가 정리되었지만 나한테 '진짜' 가족은 어렸을 때부터 함께 산 딘 가족이었다.

두 번째로 내 삶에 등장한 사람은 마침내 출소한 리 삼촌이다. 삼촌은 우리 아빠인 하버트 딘과 많이 닮았는데 입을 거의 움직이지 않고 말하는 버릇이 있었다. 한번은 왜 그러는 거냐고 물어봤다.

"그래야 간수 놈한테 말하는 걸 안 들키지."

누구한테? 간수 놈은 교도관을 말하는 거라고 했다. 삼촌은 교도소에 굉장히 오래 있었기 때문에 입을 거의 움직이지 않고 말하는 것이 몸에 배었다. 자연스레 나도 입을 거의 움직이지 않고 말하는 습관이 들었다.

엄마는 그해 여름 방학 동안 특별활동을 모두 하지 말라고 했다. 맹장 수술 때문이었다. 같은 이유로 그해 여름에는 엄마한테 매도 맞지 않았다. 맞을 일을 하나도 안 한 것은 아니었다. 그 여름에 나는 탈선의 기미를 보여 주는 일을 한 가지 저질렀다. 우리 아파트 옆 건물에 리처드 아일이라는 아이가 살았다. 훗날 이 리처드 아일의 아들은 유명한 트럼펫 연주자이자 재즈 음악가가 되었다. 리처드는 태양을 똑바로 쳐다보다가 눈을 다쳤는데, 그 소식에 동네 아이들이 작당을 했다. 내 또래인 조니 라이트본이 나서서 리처드를 흠씬 패주자고 한 것이다. 그때 〈뉴욕 암스테르담 타임스〉에 남부에서 목매달려 죽은 흑인에 관한 기사가 났고 마침 우리는 그것을 읽었다. 우리도 리처드를 어디에 매달기로 했다.

리처드를 교회 지하로 끌고 온 우리는 체육관 위를 빙 두른 난간 너머로 밧줄을 던졌다. 밧줄에 리처드를 매다는 순간, 애벗 목사님이 나타났다. 여름 한철 우리 교회를 맡기로 한 남부 조지아 주 출신 젊은 백인 목사였다. 리처드를 매달려는 현장을 목격한 목사님은 얼굴이 평소보다 다섯 배는 더 하얗게 질렸다.

"너희가 어떻게…… 이럴 수가…… 난 믿을 수가……."

목사님은 계속 말을 더듬었다. 목사님이 있던 지역에서는 사람을 매다는 일이 우리 생각보다 훨씬 더 심각한 문제 같았다.

목사님은 우리 일당의 집을 차례로 찾아가서 아이들이 리처드를 매달았다고 이야기했지만 엄마들은 시큰둥했다. 그러자 목사님은 우리에게 석회 도료로 벽을 하얗게 칠하는 벌을 주었다. 그 일은 재미있었다. 다들 처음 해보는 일이라 곧 하얗게 석회를 뒤집어썼다. 그런데 만약 맹장 수술 후 회복하는 중이 아니었더라도, 누구를 매단 일이 엄마가 나를 때릴 이유는 아니었을 것이다.

우리 동네에서는 다들 아무렇지도 않게 아이들을 때렸다. 로버트 분의 엄마를 빼고 다른 부모들은 아이들 엉덩이가 찢어져도 별로 신경 쓰지 않았다. 엄마도 내 엉덩이를 때리겠다며 시내 메이시 백화점에서 새 바지를 사야 할 거라는 말을 곧잘 했다. 분 집안은 흑인이지만 피부색이 훨씬 밝고, 부부 모두 전문직인 중산층 가정이었다. 흑인 사회에서 피부색이 옅으면 분명 가산점이 있었다. 반면 피부색이 아주 짙은 흑인은 안 좋게 말하는 경우가 많았다.

아이를 때려도 아무도 학대라고 생각하지 않았다. 흑인 가정은 먹고사느라 고달픈 형편이 허다해서, 해도 되는 행동과 하지 말아야 할 행동을 분명히 해두고 싶어 했다. 때릴 때 화를 내는 대신 왜 매를 맞는지, 그게 어떤 도움이 되는지 설교를 했다. 딱히 놀 거리가 없을 때, 동네 아이 중에 누군가 매를 맞을 거라는 소문이 들리면 우르르 몰려가 문 밖에서 귀를 기울이기도 했다. 아이들은 어떤 행동을 하면 매를 맞는지 잘 알았다. 우리 집에서는 성적표의 교칙 준수 항목란에 빨간색이 있으면 매를 맞았다. 학교에서 내 행동에 대해 의논할 것이 있다는 통신문을 보내도 매를 맞았다. 그 밖에는 한 대 쥐어 박히거나 경고를 받거나 내 방에 가 있는 정도로 끝이 났다.

9월이 오고 개학할 즈음, 나는 스포츠에 깊이 빠져 있었다. 그중에서도 특히 야구에 열광했다. 직접 경기를 해도 재미있었지만, 야구 선수에 나를 대입시켜 노는 것도 즐거웠다. 나는 엄마가 좋아하는 팀인 다저스를 좋아했다. 엄마는 특히 재키 로빈슨의 팬이었다. 여름 내내 아이들과 펀치볼을 하고 놀았다. 분홍색 공을 배트 대신 주먹으로 친 다음, 도로에 분필로 그린 베이스를 돌았다. 펀치볼을 할 때도 다들 재키 로빈슨을 흉내 내느라 홈으로 스틸을 시도했다. 스투프볼을 할 때는 규칙까지 바꾸었는데, 선수가 둘 이상이 되면 베이스를 추가하기로 했다. 스투프볼은 내가 특히 잘하는 종목이었다. 경기는 우선 건물 계단에 공을 던지면서 시작한다. 계단에서 튕겨 나온 공은 보도에 닿지 않고 차도까지 날아가야 한다. 공이 수비에게 잡히지 않고 착지하면, 선수는 베이스를 돌 수 있었다. 달리기가 빠르고 거리 감각이 좋은 나를 따라올 수비수가 없었다. 가끔은 야구를 하기도 했지만, 글로브를 가진 아이가 별로 없어서 제대로 할 수가 없었다.

새로 전학한 학교는 128번가와 암스테르담 애비뉴가 만나는 곳에 있는 43공립학교였다. 맞은편에 트랜짓오서리티 버스터미널이 있었다. 새 담임인 콘웨이 선생님하고는 딱 한나절 만에 문제가 생겼다.

내가 다니던 학교에서는 읽기를 가르칠 때 한 사람씩 자리에서 일어나 책을 크게 낭독하도록 했다. 콘웨이 선생님도 학생들을 일으켜서 교재를 읽게 했다. 내 차례가 되자 아이들 앞에서 글을 읽어야 한다는 생각에 심장이 터질 것 같았다. 나는 빠르게 읽어 내려갔다. 여기저기서 웃음소리가 들렸다.

"천천히 다시 읽어 보자."

선생님이 말했다.

나는 맨 윗줄부터 천천히 읽기 시작했다. 곧바로 조니 브라운이 웃기 시작했다. 조니가 무슨 말만 하면 반 아이들이 다 웃었다. 내가 한쪽으로 던진 책은 조니의 책상에 맞고 교실을 가로질러 굴렀다.

"어디 버릇없이 내 수업 시간에 책을 던져!"

얼굴이 시뻘게진 선생님이 소리를 질렀다.

"지금 당장 사물함으로 가! 사물함으로!"

나는 오전 내내 사물함 앞에 서 있어야 했다. 그날 오후, 선생님은 읽기 수준별로 반 아이들을 나눴다. 나는 제일 하급반이었다. 그리고 그다음 주에 반 전체가 보는 철자 시험에서 내가 일등을 했다. 선생님은 다시 한 번 반 아이들 앞에서 책을 읽어 보라고 했다.

나는 앞으로 나가면서 조니 브라운을 쳐다봤다. 눈빛이 반짝이는 것이 또 웃을 게 분명했다. 내가 입을 떼자마자 조니 브라운이 웃음을 참는다는 듯 입으로 손을 가렸다. 나는 곧장 조니 자리로 가서 입을 막고 있는 바로 그 손등을 힘껏 갈겼다. 나는 교장실로 불려 갔고, 방과 후에 남아서 칠판을 닦았다. 학기말, 조니 브라운은 숙제를 제대로 하지 않아서 콘웨이 선생님 눈 밖에 났다. 고함을 지르는 선생님 앞에서 조니는 평생 처음으로 농담을 할 수 없었다. 나중에 조니는 텔레비전 코미디언이 되어서 늘 하던 대로 잘 해나가고 있었다.

교실에서 착실하게 굴기란 쉽지 않았다. 나는 밖에 나가 놀든 이 야기를 하든, 뭐든 해서 삶의 빈 공간을 채워야 하는 성격이었다. 가끔은 순전히 지어낸 이야기들이 머릿속에서 춤을 추도록 내버려 두었다. 주로 다른 아이들이 칠판 앞에 나가 있을 때 그랬다. 물론 성적은 잘 받고 싶었지만, 점수는 큰 의미가 없었다. 그냥 그 과목에서 일등을 '차지'했다는 의미일 뿐이었다. 삶에 공간이 생길 때마다 채우려다 보니 늘 혼날 일이 생겼다. 선생님의 질문에 무심코 대답했다가 잠자코 있으라는 경고도 많이 받았다. 선생님이 교실 반대쪽으로 가면 구슬을 책상 위에 굴리며 놀기도 했다.

자꾸 혼날 일이 생기는 또 다른 이유는 말하기였다. 내 말이 내 귀에는 똑바로 들리니까, 다른 아이들에게 정말로 이상하게 들리는지 알 수 없었다. 하지만 내가 말할 차례가 되면 아이들이 웃는다는 것은 잘 알았다. 얼마쯤 지나자 콘웨이 선생님이 이름을 부르기만 해도 몸이 굳었다. 내가 계속 책을 집어던지자, 언제부터인가 선생님은 책 읽기를 시키지 않았다.

하지만 반 전체가 시 쓰기 숙제를 해왔을 때, 콘웨이 선생님은 반 아이들 앞에서 내 시를 낭독했다. 내 시가 아주 마음에 든다고 했다.

"그거 월터가 쓴 거 아닐 거예요."

시드니 아로노프스키가 나섰다.

나는 시드니의 커다란 뒤통수를 여태껏 느껴 본 적이 없을 만큼 세게 갈기고, 또 사물함 앞에 가는 처지가 되었다. 시드니 사건 직후 선생님은 이제 참을 만큼 참았다며 엄마를 모시고 오기 전에는 어떤 수업도 참여하지 말라고 했다. 그건 엄마한테 매를 맞는다는 뜻이었다. 그날 저녁, 엄마에게 이야기를 해야 하는데 용기가 나지 않았다. 용기는 다음 날에도 나지 않았다. 그 기간 동안 반 맨 뒷자리가 내 자리였고, 아무도 옆에 앉을 수 없었다. 나는 학교 갈 때 만화책을 몇 권 들고 가서 책상 아래에 펼쳐 놓고 읽었다.

콘웨이 선생님은 완벽한 히피였다. 행동이 느렸고 늘 찌푸린 얼굴이었다. 아무렇게나 루주를 바르고 아이섀도를 칠한 하얀색 거대 거북이 같았다. 그런데 어찌 된 일인지, 선생님은 교실 앞에 서 있다가도 순식간에 맨 뒤에 나타날 수 있었다. 그날도 나는 아무 기척도 느끼지 못한 채 몰래 만화를 읽고 있었다. 몰래 만화책을 읽던 나는 아무런 기척도 느끼지 못했다. 선생님은 만화책을 뺏더니 갈기갈기 찢었다. 찢은 쪼가리들을 내 책상에 뿌린 다음, 다 주워 모아서 쓰레기통에 버리라고 했다. 반 아이들은 모두 웃고 있었다.

선생님은 자기 사물함에서 책을 한 권 가져와 내 앞에 놓았다.

"너는"

선생님은 식식대고 있었다.

"못된 녀석이구나. 아주 못된 녀석이야. 어머니가 학교에 오실 때까지 수업은 없다."

선생님이 너무 화가 나 있어서 나는 어쩔 줄을 몰랐다.

"그냥 계속 여기 앉아서 책을 읽겠다면, 제대로 된 책이 낫겠지."

선생님이 쏘아붙였다.

선생님이 등을 돌려 교실 앞으로 가서 장제법 설명을 시작했을 때 나는 앞에 놓인 책에 손을 뻗었다. 《태양의 동쪽, 달의 서쪽》이라는 노르웨이 동화 모음집이었는데, 제일 처음에 실린 이야기부터 읽기 시작했다. 그날 하교 시간, 책을 집에 가져가도 되는지 선생님에게 물어보았다.

선생님은 나를 물끄러미 쳐다보다가 안 된다고 했다. 대신 착실하게만 굴면 학교에서는 매일 읽어도 된다고 했다. 나는 착실하게 행동하겠다고 약속하고, 한 주 내내 그 책을 읽었다. 그때까지 읽은 책 중 최고였다. 내가 책을 끝까지 다 읽었다고 말하자 선생님은 어떤 점이 가장 좋았냐고 물었다. 나는 마법 같은 사건이 많고 등장인물들도 재미있고 마법사도, 낯선 배경도 좋았다고 대답했다. 《무임승차》나 〈밥시 쌍둥이〉 시리즈, 우연히 읽은 〈허니 번치〉 시리즈와는 아주 다르다고.

대답을 하다 보니 내가 책을 좋아한다는 사실을 깨달았다. 나는 책읽기가 좋았다. 책을 읽는다는 건 다른 세상으로 들어가는 것이 아니라 오히려 다른 언어를 찾아낸 느낌이었다. 내가 하는 말이나 주위에서 들리는 말보다 명확한 언어였다.《태양의 동쪽, 달의 서쪽》처럼 책 내용이 흥미로울 때도 있지만, 언제든지 마음대로 그 언어의 세계로 들어갈 수 있다는 사실이 더 매력적이었다. 책을 읽으며 모험을 따라가는 '나'가 길거리에서 공을 가지고 노는 '나'보다 더 진짜 같았다. 콘웨이 선생님은 책을 또 한 권 내밀며 마침 주말이니까 집에 가져가서 읽어도 좋다고 했다. 그날 이후로 선생님이 좋아졌다.

반 아이들 앞에서 큰 소리로 책을 읽는 건 여전히 생각도 할 수 없었지만, 시 쓰기 숙제를 해갈 때마다 선생님은 내 시를 낭독해 주었다. 학기말이 되자 나는 사상 최고로 좋은 성적표를 받았다. 영광스럽게도 교칙 준수 등급마저 조금 나쁜 정도였다.

그해는 학교 개교 50주년이었는데, 학생 잡지에 내 시가 실렸다. 50주년 기념호 첫 페이지에 실린 내 시 제목은 '우리 엄마'였다. 그 제목을 보자마자 엄마에게 보여 주려고 집으로 내달렸다.

나를 알아봐 준 선생님

여름의 할렘에서 보고 느낀 경험은 나와 함께 살아 숨 쉰다. 과거에도 그랬고 현재도 그러하며 미래에도 그럴 것이다. 나는 주로 엄마와 함께 뉴욕 여기저기를 돌아다녔다. 그렇지만 어디에도 할렘 같은 곳은 없었다. 가끔은 시내로 내려가 메이시 백화점이나 김블 백화점 등 여러 상점이 늘어서 있는 14번가까지 갔다. 그곳은 거대한 쇼핑 지구였는데 그곳뿐만 아니라 뉴욕 그 어떤 곳에도 125번가에 넘치는 생기는 없었다. 할렘에는 북부 태생 흑인들의 또렷한 말투와 남부에서 막 이주해 온 흑인들의 느릿하게 끄는 말투, 아일랜드 출신 이민자들의 왁자지껄한 말투가 마구 뒤섞여 있었다. 시내에서는 정장에 하얀 셔츠를 입고 사무실이나 상점으로 출근하는 백인들을 볼 수 있었다. 노동자들이 사는 할렘에서는 사람들이 사무실 출근복으로는 맞지 않는 요란한 옷을 주로 입었다.

아비시니아 침례교회의 애덤 클레이턴 파월 목사가 이끈 시위의 결과, 125번가 상점들에 흑인 직원 수가 늘었다. 시위가 있기 전에는 할렘 중심가에서도 흑인들은 물건을 살 뿐 일을 하지는 않았다. 상점에서 일하는 흑인이 많아지면서 거리의 성격도 점차 달라졌다. 음반 가게 스피커에서 흘러나오는 재즈 음악이 거리를 메웠고, 길을 걷는 사람들이 재즈 피아니스트 카운트 베이시나 심지어 가스펠 그룹의 비트에 맞춰 리듬을 타는 모습이 종종 보였다.

흑인 사업가들도 다른 흑인 유대교도들과 나란히 거리를 걸었다. '마커스 가비 국제니그로발전협회' 회원들이 단체복을 입고 미쇼 서점 앞에 있는 모습도 눈에 띄었다. 신에게 특별한 능력을 부여받았다고 주장하는 카리스마 파 지도자 파더 디바인을 추종하는 여자들이 하얀 옷차림을 하고 전단을 나눠 주기도 했다. 할렘에서는 백인들도 가지각색이었다. 스밀렌 브라더스 슈퍼에는 수염 난 백인 남자가 돌아다니다가 이로 못을 구부려 보이며 우리 식품에 독이 들었다고 떠들었다. 블럼스타인 백화점에서는 성 요셉 수도원에서 온 백인 수녀들이 뚱뚱한 흑인 여자들과 서로 할인 상품을 사려고 밀치고 있었고, 라파엘 정육 시장에서는 상인들이 소시지를 작게 잘라, 쇼핑하는 엄마를 기다리는 흑인 꼬마에게 먹으라며 내미는 모습이 보였다.

젊은 세대에게 가장 인기 있는 오락은 영화였다. 125번가에는 길을 따라 극장 세 곳이 있었다. 로우스 극장은 개봉 영화를 상영했고, 알라바마 극장도 마찬가지였다. 물론 할렘의 대표 극장은 라이브 공연도 겸하는 아폴로 극장이었다. 거리를 따라 더 내려가면 할렘 오페라 하우스가 나왔다. 할렘에 백인들이 주로 살던 때에는 라이브 공연도 했지만, 이제는 예전 영화를 상영하고 있었다. 웨스트엔드 극장과 선셋 극장은 영화 세 편과 다양한 단편 영화를 상영했다. 웨스트엔드에서는 가끔 컬러 영화도 볼 수 있었는데, 그중 하나는 흑인 프로듀서가 만든 영화였다. 거리에는 오락을 하거나 사진을 찍을 수 있는 아케이드가 있는데, 저렴하게 자기 목소리를 음반에 녹음할 수도 있었다. 저녁이 되면 여유를 즐길 겸 125번가를 따라 걷는 사람들을 흔히 볼 수 있었다. 내가 흑인—그때는 검둥이라는 표현을 더 많이 썼다—에 대해 아는 것은 주로 125번가와 신문 기사, 교회에서 본 모습이었다. 흑인은 연예인이었고 교회 성가대였으며 운동선수였다. 그중 나는 운동선수가 되기로 했다.

내 친구는 두 부류였다. 함께 공을 가지고 노는 친구들과 그렇지 않은 친구들이었다. 운동선수는 흑인 사회의 존경을 받았기 때문에, 내 또래 남자아이들은 다들 어떤 종목이든 운동을 하려고 했다. 나는 공을 가지고 하는 운동을 좋아했다. 아침에는 이제 막열 살이 된 꼬마들과 농구를 하고, 그 후에는 동네에서 또래 친구들과 스투프볼이나 펀치볼을 했다. 에릭과 함께 리버사이드 드라이브 농구 코트로 가서 시합을 하기도 했다. 나는 지는 것을 지독히도 싫어했다. 다저스 응원 기도를 제외하면, 당시 내가 하는 기도는 시합 중에 제발 이기게 해 달라는 기도가 다였다. 나는 다른 스포츠에도 열광했다. 한동안은 신문에서 본 뉴욕레인저스 하키팀도 좋아했다. 그렇지만 이름에 아이스가 붙은 스포츠는 모두 얼음판 위에서 스케이트를 타면서 한다는 것을 안 뒤로, 더는 좋아하지 않았다. 할렘에는 스케이트를 탈 얼음판 같은 것이 없었다.

방과 후에는 콘웨이 선생님 책장을 이용할 수가 없었다. 대신 125번가 공립 도서관의 조지 부르스 분관을 찾아냈다. 나는 비가 오면 도서관에 앉아 책을 읽었다. 사서들이 자꾸 내가 읽기에는 유치한 책을 권했지만 그래도 잘 다녔다. 책을 살 돈이 없었기 때문에, 공짜로 책을 볼 수 있는 도서관이 있어 참 다행이었다.

내게 있어 남자아이란 여자아이처럼 되지 않는다는 뜻이었다. 주위의 여자아이들은 공을 가지고 놀지 않았기 때문에 내가 하고 싶은 일 대부분과는 상관이 없었다. 이상한 마녀의 딸인 도로시 도드슨은 책을 많이 읽는다는 것을 나도 잘 알았다. 하지만 도로시 도드슨은 너 따위는 질색이라는 말을 거리낌 없이 여러 번 내게 말했다. 가끔 전차에서 옆구리에 책을 낀 아이들을 보면 어딘가 나와 비슷한 점이 있지 않을까 생각하기도 했다. 책을 읽는 아이들과 나 사이에 어떤 연결고리가 있다고 느꼈지만 그게 뭔지는 알 수 없었다. 머릿속에는 항상 무엇인가가 맴돌았다. 상상 속의 삶, 내가 읽은 책에서 나온 세상이었다. 책을 보고 있으면 일종의 안도감이 느껴졌다. 책을 몰랐을 때는 경험한 적 없는 감정이었다. 책을 읽기 전에는 무조건 뭔가로 메우려고 덤벼들었던 빈 공간을 이제는 책이 채워 주었다.

책을 그렇게 좋아한다는 것은 내가 사는 세상에서는 숨겨야 할 약점일 수밖에 없었다. 도서관에서 빌린 책을 집으로 들고 오다가 형들을 만나면 뛰어야 했다. 책을 읽는다고 비아냥댈 것이 뻔했기 때문이다. 형들 생각에 분명 독서는 남자아이가 할 행동이 아니었다. 형들과 자주 싸우는 것쯤 아무렇지도 않았지만, 왠지 책을 두고는 싸우고 싶지 않았다. 나에게 책은 특별했다. 드러내고 싶지 않은 나를 드러냈기 때문이다. 나는 도서관에 갈색 종이 가방을 가지고 가서 빌린 책을 넣어 오기 시작했다.

그해 나는 남자아이라면 특정한 일을 해야 하고 특정한 방식으로 행동해야 한다는 것을 배웠다. '남자아이라는 사실'은 나와 아주 잘 맞았지만, 남자아이라면 해야 하는 일이 맞지 않을 때가 있었다. 나는 친구들과 함께 교회 체육관에서 공을 가지고 자주 놀았다. 비가 오는 날, 미키 형을 포함해서 내 '일당'과 함께 체육관에 들어갔더니 여자아이들이 코트 절반을 차지하고 있었다. 우리는 코트 전체를 뛰어다니며 놀 생각이었던 터라 대놓고 투덜거리며 체육관 한쪽 구석으로 갔다. 그리고 여자아이들이 무용하는 모습을 흉내 내며 낄낄거렸다.

무용 연습을 끝낸 여자아이들은 스트레칭을 시작했다. 무용단 단장인 로렐 헨리는 우리 또래였는데 예쁘게 생긴 아이였다. 우리는 괜히 로렐에게 '우우!' 하며 야유를 보냈다.

"너희는 이런 스트레칭은 엄두도 못 낼 거야."

로렐이 도전적으로 말했다.

우리는 정해진 수순처럼 그 말을 비웃었고, 로렐이 제안을 했다.

"너희가 제대로 따라 할 수 있으면 우리가 코트를 비워 줄게. 그런데 만약 못하면, 이제부터 우리랑 무용을 같이 하는 거야."

여자아이들을 치워 버릴 기회였기 때문에 우리 일행은 체육관 반대쪽으로 가서 스트레칭을 시작했다. 하지만 우리 중 누구도 스트레칭을 해낼 만큼 유연하지 않았다. 잠시 후, 우리 전원은 아주 거북한 표정으로 음악에 맞춰 체육관 바닥을 껑충껑충 뛰고 있었다.

여자아이들이 음악에 맞춰 춤을 추는 동안 시가 흘러나왔다. 무척 마음에 드는 시라 나중에 찾아보니 제임스 웰든 존슨의 〈천지창조〉였다. 나는 춤을 추는 것도 좋았지만 싫어하는 척했다. 어렵지는 않았다. 이미 책도 몰래 읽고 시도 몰래 쓰고 있었으니까. 거기에 춤을 추가하는 것뿐이었다.

시를 쓴다고 해 봐야 문장 끝에 각운을 찾아 붙이는 것이 고작이지만 글로 기교를 부리는 것이 좋았다. 그래서 꼬박꼬박 시를 썼고 잡지에 실린 내 시도 몇 번이고 읽었다. 어딘가에 인쇄된 내 이름을 처음 봐서인지 괜히 중요한 존재가 된 것 같았다. 그때 엄마도 무척 기뻐했기 때문에 엄마를 위한 시도 몇 편 더 썼다. 첫 번째 시만큼 잘 나오지는 않아서 실망스러웠지만 그래도 계속 써나갔다.

5학년과 6학년 사이의 여름은 잘 흘러갔다. 에릭과 나는 가장 친한 친구가 되었다. 동네 극장 한 곳에서 에릭네 베이커리 창문에 극장 광고를 붙이기로 하면서, 에릭 아빠에게 영화 관람권이 생겼다. 우리는 개봉하는 영화마다 족족 보러 다녔는데, 그중에서 〈배틀그라운드〉는 다섯 번도 넘게 보았다. 여성의 몸에 대해서도 에릭에게 많이 배웠다. 보아하니 형에게 들은 정보를 득달같이 나에게 전달하는 것 같았다. 그 후로도 오랫동안 나는 남자가 여자의 가슴을 만지면 임신이 되는 줄 알고 있었다. 그렇게 생각한 데에는 제럴딘 누나도 한몫했다. 전에 누나가 닭 머리를 들고 나를 쫓아오기에 맞서서 한 대 치려다가 가슴을 때린 적이 있었다. 누나가 엄마에게 고자질하자 엄마는 절대로 여자를 때려서는 안 된다고 했다. 그래서 에릭한테 임신에 대해 듣고는 그때 제럴딘 누나가 임신할까 봐 걱정했던 모양이라고 생각했다.

로렐 헨리가 이끄는 무용단이 연습 끝에 무용발표회를 하는 날이었다. 〈천지창조〉를 주제로 한 공연에서 나는 주인공 아담을 맡고, 춤은 전혀 못 추는 미키 형은 다리를 거의 안 움직이는 하나님 역을 맡았다. 아빠는 공연에 오지 않았다. 사내아이가 노출이 심한 의상을 입고 무대에서 춤을 추는 것은 납득할 수 없었기 때문이다. 엄마는 발표회를 보고는 내 춤이 괜찮았다고 해 주었다.

아빠는 U.S 라듐 사에서 일했지만, 신통치 않았다. 아빠 월급은 최저 임금보다 약간 많은 수준이었고, 나한테는 따로 용돈이 없었다. 나는 돈이 필요하면 엄마에게 이야기했고, 엄마는 수중에 돈이 있을 때만 용돈을 주었다. 그러다가 매주 토요일 아침에 A&P 마트에서 손님들의 장바구니를 배달하기 시작했는데, 3달러를 버는 날도 있었다. 돈을 그만큼 번 날이면 영화를 보러 가거나 125번가의 과자 가게에 가서 만든 지 오래된 초콜릿과 사탕을 한 봉지 10센트씩에 사기도 했다. 8번 애비뉴의 중국인 세탁소에서는 중고 만화책을 5센트에 팔았다. 나는 만화책을 사서 돌돌 말아 양말에 넣고 바지 밑단으로 덮어 집으로 가지고 들어갔다.

만화책 건만 빼면, 한눈팔지 않고 성실하게 여름을 보냈다. 비올라 누나에게 강렬한 삽화가 있는 중고 성경 이야기책도 선물받았다. 도서관 사서에게는 존 R. 튀니스가 쓴 소설을 추천받았는데, 주로 야구를 주제로 한 스포츠 소설이어서 아주 마음에 들었다.

새로 전학한 신생 125공립학교는 집에서 가까웠다. 모닝사이드 애비뉴와 암스테르담 애비뉴 사이 모닝사이드 파크가 바로 앞에 있었다. 당시로서는 아주 현대적인 학교였다. 책상과 걸상도 바닥에 못으로 고정되어 있지 않아서, 수업 중에 선생님 재량껏 옮길 수 있었다. 6학년 2반에서 나는 처음으로 남자 담임 선생님을 만났다. 어윈 래셔 선생님이었다.

"내가 널 맡은 이유가 있지."

선생님은 나를 자신의 책상 옆에 앉혀 놓고 물었다.

"왜 그런지 아니?"

"육 학년이 됐으니까 아니에요?"

"네가 선생님들과 싸운 전적이 있어서야. 그러니까 지금 말하마. 그게 누구든, 내 반에서 싸움은 용납 못한다. 알아들었지?"

"네."

"넌 똑똑한 학생이야. 우리 반에서 그렇게 될 거다."

래셔 선생님과 문제가 생긴 건 사흘째 되는 날이었다. 어떻게 보면 내 잘못도 아니었다. 반 아이들과 함께 계단을 오르고 있을 때였다. 나는 선생님이 돌아선 틈을 타 뒤에서 차는 척만 하려고 했다. 그랬는데 선생님이 층계참에서 잠깐 멈춰 섰던 것이다. 원래 살짝 빗나가 아이들을 웃기는 데 그쳐야 했던 내 발이 선생님의 엉덩이를 정확히 때리고 말았다. 돌아선 선생님이 성큼성큼 다가왔다. 나도 모르게 손이 나갔다.

래셔 선생님은 2차 세계대전 참전용사로, 벌지전투에도 참전한 경력이 있었다. 나 하나쯤이야 식은 죽 먹기였다. 선생님은 교실 한 구석에 나를 앉혀 두고, 수업이 끝나고 보자고 했다. 선생님은 집에 가정통신문을 보낼 것이고 그러면 엄마가 학교에 와야 한다. 엄마한테 가정통신문을 주면서 뭐라고 할지 미리 연습을 했다. 하지만 가정통신문이 아니었다. 선생님은 나를 데리고 우리 집으로 향했다! 우리가, 다시 말해 내가 백인 선생님과 함께 집으로 가는 동안 친구들이 다 따라왔다. 이제 매를 맞는 거냐고 묻는 아이들도 있었다. 아마 그럴 거라고 생각했지만, 대답을 하지는 않았다. 엄마는 집 앞 공원 벤치에 앉아 있다가, 내 손을 꼭 잡은 채 걸어오는 래셔 선생님을 보았다.

"마이어스 부인, 학교에서 월터 군과 조금 문제가 있었습니다. 어머니께서 아셔야 할 것 같아서요."

선생님은 그렇게 말하며 엄마 옆에 앉았다.

선생님은 엄마를 부를 때 내 성을 따라 마이어스 부인이라고 했다. 내가 법적 절차를 거치지 않고 입양된 사실을 몰랐기 때문이다. 사실 엄마 이름은 딘 부인이지만, 그런 건 중요하지 않았다. 선생님은 차분하게 내가 학교에서 본 시험을 설명하고 그 결과 내가 상당히 똑똑한 아이라는 것이 밝혀졌다고 말했다. 하지만 내 행동에 문제가 있어서 모든 기회가 다 물거품이 되게 생겼다고도 했다.

"우리는 똑똑한 흑인 학생이 많이 필요합니다. 사고뭉치 검둥이 학생은 필요 없어요."

그해 래셔 선생님은 두 가지 아주 중요한 일을 해 주었다. 우선 나를 일주일에 한 번씩 조퇴시켜 말하기 교정 치료를 받게 했다. 선생님이 두 번째로 해 준 일을 통해, 나는 글을 잘 읽고 성적이 우수한 덕택에 특별한 학생이 되었음을 깨달았다.

래서 선생님은 무슨 일이 있을 때마다 나에게 책임지고 맡아서 해보라고 했고, 읽기 과목에서 뒤떨어지는 아이들을 도와주게 했다. 학기 말에는 반에서 유일하게 나를 속성 심화 학습반에 추천했다.

나는 래서 선생님 반에서 공부하면서 성적이 눈에 띄게 좋아졌다. 모든 과목에서 1등 아니면 2등을 했고 교칙 준수 등급도 우수했다. 6학년에서 가장 키가 컸던 나는 자랑스럽게도 학교 의장대 일원으로 졸업식 때 국기를 옮기는 역할도 맡았다. 하나님이 벌하시는 바람에 하마터면 그 명예를 놓칠 뻔 했지만.

나는 하나님이 세상만사를 굽어보다가 사람들이 죄를 지을 때마다 크든 작든 모두 적어 둔다고 굳게 믿었다. 나는 일부러 나쁜 짓을 한 적은 없으니까 전능한 하나님이 보기에 내 자리는 착한 쪽일 것 같았다. 그렇지만 그해 봄을 보내면서, 나는 그 자리에서 금방이라도 떨어질 듯 위태롭게 매달려 있다는 걸 깨달았다.

우리 집은 모닝사이드 애비뉴 대로에 있었지만 거의 골목길에서 놀았다. 거기에 맨홀 뚜껑이 있기 때문이었다. 맨홀은 스틱볼을 하고 놀 때는 베이스가, 미식축구를 할 때는 경계선이, 술래잡기를 할 때는 출발점이, 스컬리를 할 때는 공을 치는 지점이 되었다. 모닝사이드 애비뉴와 맨해튼 애비뉴 사이로 뻗은 골목길은 분위기가 좋았다. 길을 따라 늘어선 빨간 벽돌 건물은 공동 화장실이 딸린 원룸이나 네다섯 가구가 함께 사는 아파트로 내부를 개조해서 쓰고 있었다.

길에 늘어선 집들 중에 냉장고가 있는 집은 거의 없었다. 대신에 거리를 따라 내려가면 목재 받침대 위에 얼음이 담긴 큰 통이 놓여 있었다. 얼음 장수에게 15센트부터 1달러까지, 다양한 얼음 덩어리를 살 수 있었다. 1달러짜리 얼음은 어마어마하게 컸다. 35센트짜리 덩어리면 아이시스 장사를 할 수 있었다. 아이시스 장수는 얼음 분쇄기를 가지고 다니며 얼음을 잘게 부순 다음 거기에 다양한 맛 시럽을 뿌려 팔아 일당을 벌었다.

이 동네 파수꾼은 미친 조니 아저씨였다. 아저씨는 전쟁 신경증으로 퇴역한 군인이었다. 거리에 무슨 일이 생기면 아저씨가 해결사로 나섰다. 보통 동네 꼬마들 싸움을 말리거나 깨진 유리 조각을 치우는 일을 했다.

뉴욕 택시가 우리 지역 골목까지 들어오는 일은 흔치 않았다. 시내에서 흑인 승객을 태우는 택시도 없을 뿐더러 지하철 A노선이 할렘까지 들어오기 때문에 주민들도 굳이 택시를 타지 않았다. 5월의 어느 날이었다. 거리에는 함께 놀 아이가 클라이드 존슨밖에 없었다. 같이 놀기에는 너무 어렸다. 그때 뉴욕 택시 한 대가 건물 앞에 서더니 상당히 우아해 보이는 아줌마가 내렸다. 나는 갑자기 택시 뒤쪽에 매달려 타면 멋질 것 같다는 생각을 했다. 범퍼에 매달렸던 나는 택시가 출발하는 것과 동시에 나가떨어졌다. 그런데 나가떨어지면서 소맷자락이 범퍼 틈새에 꼈고, 나는 그대로 매달려 한 블록을 끌려갔다. 맨홀을 지나고, 주차된 차들을 지나고, 한참을 달린 뒤에야 신호에 걸린 택시가 섰다. 나는 그제야 택시에 낀 셔츠를 빼내고 겨우 도로에 내려설 수 있었다.

상처는 정신이 아득할 정도로 아팠다. 클라이드가 와서 아프냐고 물었지만 나는 아니라고 대답했다.

"형 바지 다 찢어졌어."

클라이드가 말했다.

청바지 무릎이 너덜너덜했고, 찢어진 사이로 피가 줄줄 흐르는 무릎이 드러났다. 교회 계단에 가서 앉으려고 했지만 상처가 끔찍하게 아팠다. 절뚝거리는 다리를 질질 끌고 골목길을 돌아 겨우 집에 도착했다.

안으로 들어갔을 때 엄마는 통화를 하고 있었다. 나는 곧장 화장실로 들어가 요오드 소독약을 찾아 방으로 향했다. 배가 고프냐고 엄마가 물어 대답하려고 잠깐 멈춰 섰을 뿐이었다.

"배 안 고파."

약병 뚜껑에 달린 유리봉으로 소독약을 찍어 다 까진 무릎에 살짝 댔다. 으악! 그걸로 됐다. 나는 곧장 침대로 들어갔다.

그날 저녁, 엄마가 밥 먹으러 나오라고 했지만 배가 안 고프다고 대답했다. 엄마가 나오라며 한 번 더 불렀다. 잠깐 사이에 다리가 뻣뻣하게 굳어서 나는 제대로 걸을 수조차 없었다.

"무슨 일이냐?"

식탁 앞에 앉아 있던 아빠가 물었다.

"아무 일도 아니에요."

늘 하는 대답이었다.

"무슨 일이냐니까?"

아빠가 더 낮고 엄격한 목소리로 다시 물었다.

"다리를 좀 다쳤어요."

"바지 벗어 봐라."

식탁 바로 앞에서였다. 나는 허리띠를 끄르고 갈아입은 바지를 조심조심 내렸다. 내 다리를 본 엄마가 헉 하고 숨을 들이마셨다. 난장판이 되어 부어오른 무릎, 말라붙은 핏자국.

"이게 무슨 일이냐?"

아빠가 소리를 질렀다.

택시 뒤에 몰래 매달리는 것은 나쁜 짓이지만, 나는 한 학년 동안 착실하게 지내려고 최선을 다했다. 이런 생각들이 머릿속에 온통 휘몰아쳤던 것 같다. 도대체 그때 내가 왜 그렇게 대답했는지 지금도 알 수 없다.

"엄마가 회초리로 때렸어요."

내 얼굴에는 눈물이 벌써 흘러내리고 있었다. 엄마는 내 다리의 상처 때문에 너무나 놀라서 뭐라고 설명할 정신이 없었다. 그때 엄마는 자신이 들은 말을 믿을 수 없었을 것이다. 사랑하는 아들이 피투성이가 된 채 왔다는 사실만으로도 머리가 하얘졌을 텐데, 바로 그 사랑하는 아들이 엄마가 자신을 그렇게 만들었다고 말했던 것이다.

나는 거짓말이라고, 진짜로는 이랬다고 사실을 말할 수 있었을지도 모른다. 그런데 아빠가 분노로 눈이 뒤집혀 버렸다.

"어떻게 당신이…… 아이를 이 지경으로…… 도대체 왜………… 한 번만 더 아이한테 손을 대면 그땐……."

아빠는 말을 잇지 못했고, 엄마는 울었다. 나는 화장실로 가 조심스럽게 욕조에 다리를 담갔다. 따뜻한 물에 몸을 담그고 앉아 아빠가 엄마에게 욕을 퍼붓는 소리를 들었다. 아빠로서는 내가 거짓말을 했으리라고 상상조차 못했다. 나는 방으로 돌아가 하나님에게 잘못했다고 말했다.

다다음 날까지 등교할 수 없었다. 엄마는 내 방으로 식사를 가지고 와서 침대 옆 의자에 올려 두었다. 그때마다 아무 말 없이, 그저 나를 처음 보는 사람처럼 쳐다볼 뿐이었다. 두 주가 지나자 상처는 언제 그랬냐는 듯 다 나았다. 아버지는 엄마에게 다시는 애한테 손대지 말라고 으르렁거렸고, 엄마는 시뻘게진 아빠의 눈을 보며 그 말이 진심이라는 것을 알았다. 엄마가 어떻게 자신에게 그럴 수 있었냐고 물었을 때 나는 엄마의 눈을 피했고, 도대체 무슨 일이 있었냐고 물어도 대답하지 않았다. 하지만 엄마는 늘 그랬듯 나를 용서했고, 내 관심도 다가오는 초등학교 졸업식으로 옮겨 갔다. 아빠는 일주일에 한 번씩 내 다리를 살폈다. 그 사건을 잊기 않았기 때문이고 그건 하나님도 마찬가지였다.

졸업식이 여드레 남았을 때였다. 122번가에서 아이들과 스틱볼을 하고 있는데, 빗맞은 공이 교회 입구 판판한 지붕에 떨어졌다. 지붕에는 교회 아래로 길게 이어져 내려오는 배수관이 있었다. 지난해 여름에 교회를 맡았던 애벗 목사님은 배수관에 가시철조망을 덧씌워 놓았다. 아이들이 지붕에 떨어진 공을 찾는다며 배수관을 타고 오를까 봐 쳐놓은 철조망이었지만 우리가 진작 뜯어 버렸기 때문에 누구나 쉽게 올라갈 수 있었다. 나는 공을 찾아 지붕으로 올라갔다. 그때 크레이지 조니 아저씨가 나타났다.

"당장 내려와!"

아저씨는 크레이지 조니 전매특허인 으르렁 반, 큰 목소리 반으로 외쳤다.

나는 공만 아래로 던지고 지붕 위에서 조니 아저씨를 놀렸다. 아저씨는 배수관을 타고 올라오기 시작했다. 배수관 상태는 아저씨도 알고 있었지만 나한테 다른 꿍꿍이가 있다는 사실은 몰랐다.

나는 에릭과 함께 전쟁 영화를 하도 많이 봐서, 군대에 들어가면 공중에서 뛰어내리기도 한다는 것을 알고 있었다. 비행기에서 뛰어내리기는 식은 죽 먹기였다. 뛰면, 낙하산이 펴지고, 다음이 착지였다. 착지할 때 다치지 않도록 무릎을 구부리고 뒤꿈치로 디딘 후에 한쪽으로 넘어지면 끝이었다.

크레이지 조니 아저씨가 지붕으로 올라섰다. 아래에서 친구들이 소리를 질렀다. 나는 1층 건물 지붕 한끝에서 기다리다가 아저씨가 지붕 절반까지 오자 뛰어내렸다. 두 다리를 모으고 살짝 구부렸다가 뒤꿈치가 지면에 닿는 순간, 견딜 수 없는 고통이 전해졌다.

모닝사이드 애비뉴에 사는 패티 리와 존 라이트본이 나를 부축해 교회 계단으로 데려다주었고, 나는 한참을 앉아 있다가 집으로 갔다. 누구라도 붙잡고 발이 너무 아프다고 말하고 싶어 미칠 지경이었다. 하지만 이전 사고에 대해 거짓말한 지 얼마 되지도 않았는데 뭐라고 말할 수 있었을까? 아, 지붕에서 뛰어내렸다고? 엄마가 회초리로 내 뒤꿈치를 때렸다고? 나는 입을 꾹 다물고 고통 속에서 두 주를 보냈다. 수년 후에야 그때 발에 금이 갔었다는 사실을 알았다.

세상은 나를 중심으로 돌지 않는다

1949년 여름 즈음에는 비올라 누나도 제럴딘 누나도 모두 독립해서 나갔다. 전자제품 회사에서 일하는 비올라 누나는 프랭크 매형과 함께 퀸즈에 집을 사서 이사했다. 제럴딘 누나는 집과 가까운 147번가로 이사했다. 제럴딘 누나와 함께 살 노먼 매형은 해군에서 퇴역한 군인이었다. 덕분에 나에게 방이 생겼다. 나는 사람들에게는 저마다 살아가는 방식이 있고, 그것을 찾는 것이 개인 각자의 의무라고 어렴풋이 느끼고 있었다. 그러면서도 깊이 고민할 필요는 느끼지 못했다. 내게는 이미 따라야 할 계율이 있었고, 그것만으로도 최소한 천국행은 보장받았다고 믿었기 때문이다. 그렇게 믿은 배경에는 천국에 계신 하나님이 무한한 애정으로 우리를 굽어보신다는 확신이 있었다. 하나님의 아들 예수님은 우리를 구약에 나오는 불지옥에서 구원하고 멋진 삶의 방식을 알려 주었다. 그 방식을 한마디로 정리하면, 남에게 대접받기 원하는 대로 남을 대접하라였다.

또 세상은 분명히 공정하다고 믿었다. 만사는 멀리 보면 결국에는 좋은 방향으로 스스로 나아가기 마련이라고.

학교에서 배운 다양한 가치는 옳고 바른 중에서도 가장 옳고 바르며, 세상과 신 모두가 원하는 가치라고 확신했다. 나는 그 가치를 받아들여 사회로 들어가게 될 것이며, 사회 역시 나라는 존재를 내 생각만큼 높이 평가할 것이라고 꿈꾸었다. 그래서 나와 사회가 함께 최선의 상태로 나아갈 거라고. 그런데 한편으로 다른 생각도 있었다. 좋은 사람이 되고 싶은 동시에―내가 생각하는 좋은 사람이란 굉장히 넓은 의미였다―다른 아이들과 비슷한 사람이 되고 싶었다. 그러면 친구가 생길 테니까.

열세 살 생일을 코앞에 둔 나는 키가 거의 180센티미터였고 기력도 왕성했다. 달리고 뛰는 것이 좋았고, 다른 아이들하고 힘이나 스피드로 경쟁하는 것도 좋았다. 필요하다면 싸움도 마다하지 않았다. 운동 신경은 거의 선수 이상이어서, 또래 중에서는 나를 이길 아이가 없었고 나이 많은 형들하고도 언제든지 맞붙을 수 있었다. 하지만 덕분에 또래 집단 아이들과는 멀어졌다. 우리가 좀 더 조직적인 종목의 스포츠를 할 수 있었다면 알아서 해결되었을 문제지만, 상황은 그렇지 못했다. 나는 내가 낄 수 있는 스포츠를 알아서 찾아야 했다. 같은 아파트 주민이자 흑인 야구팀을 맡고 있던 리즈 씨는 몇 년 후면 나도 선수로 뛸 수 있겠다고 생각했다. 그때까지도 니그로리그가 건재하다면.

나는 여전히 책을 읽었다. 그냥 읽은 것이 아니라 걸신들린 듯이 읽었다. 방에 혼자 앉아 책을 읽을 때가 가장 마음이 편했다. 동네 아이들은 체격이 나보다 작고 운동 신경도 나보다 조금 뒤처졌지만, 독서 능력은 까마득히 뒤떨어져 있었다. 산수 실력이나 기계를 다루는 기술은 비슷할지 몰라도 책을 읽고 새로운 개념을 탐구하는 면에서는 상대가 되지 않았다. 학교에서 접한 여러 가지 가치 있는 일—책을 많이 읽고 위대한 사상을 적극적으로 탐구하는 일—덕분에 나와 동네 친구들 사이에는 확실한 선이 생겼다. 나는 친구들과 멀어지고 싶지 않았다. 또래 친구들과 사귀고 그들의 일원이 되기를 바랐고 또 그래야 했다. 하지만 책의 세상으로 들어감으로써 엄마 아빠와도 멀어질 거라고는 생각하지 못했다.

"생일 선물은 뭐 해 줄까?"

여름도 8월로 접어들었을 즈음, 엄마가 물었다.

"야구 글러브. 아니면 야구공도 좋아."

내가 대답했다. 친구들과 동네 공터 야구를 할 때 쓰는 야구공은 테이프가 덕지덕지 붙었거나 자꾸 꿰맨 탓에 안이 불룩해서 던지면 무조건 휘어지는 공일 때가 많았다. 리즈 아저씨에게 낡은 야구 방망이 몇 개쯤이야 빌릴 수 있었지만, 야구공은 다른 이야기였다. 우리가 공을 자꾸 공터 밖으로 날렸기 때문이다. 게다가 한번 밖으로 나간 공은 원래 그렇게 설계라도 한 듯 하수관 아래로 굴러가 버렸다.

나는 생일을 손꼽아 기다렸다. 내 생일인 8월 12일은 금요일이어서, 생일 파티는 그다음 날에 할 예정이었다. 평생 처음으로 하는 생일 파티였다.

엄마는 그해의 나를 어떻게 생각했을까? 한 해 동안 나 때문에 많은 일을 겪은 엄마였다. 나는 택시에서 떨어졌으면서 엄마가 때렸다고 거짓말을 했다. 싸움도 여러 번 벌여서 속을 썩였다. 내가 싸울 때마다 도드슨 아줌마가 엄마에게 고자질을 했다. 그렇지만 6학년 때는 반 일등으로 졸업해서 똑똑한 아이들만 가는 중학교 특별반에 들어갔으며, 래서 선생님이 교직원들을 설득해 준 덕분에 졸업식 때 최우수상도 받았다.

"국기를 운반하는 모습을 보니 정말 자랑스럽더라."

졸업식 후에 엄마는 그렇게 말했다. 그리고 이렇게 덧붙였다.

"그런데 통로를 걸어 갈 때 발끝으로만 걷는 느낌이던걸."

당연했다. 나는 발끝으로만 걸었다. 교회 지붕에서 뛰어내린 탓에 발뒤꿈치가 땅에 닿기만 해도 엄청나게 아팠기 때문이다. 엄마는 학교를 잘 다닌 나에게 상으로 파티를 열어 줄 돈을 차곡차곡 모아 왔다. 금요일 밤, 나는 기대에 잔뜩 부풀어 잠자리에 들었다.

이제 열세 살이고 이튿날에는 생일 파티와 선물이 기다리고 있었다. 나는 글러브와 야구공 둘 다 받는 꿈을 꾸었다.

다음 날 아침 일찍, 엄마가 나를 깨웠다.

"월터, 일어나. 나쁜 소식이야. 리 삼촌이 어젯밤에 살해됐어."

엄마가 말했다.

우리 가족은 낡은 뷰익 자동차를 타고 낸시 고모가 이사한 브롱크스로 향했다. 아파트는 어수선했다. 집안 곳곳에 작은 도자기 인형과 장식용 접시, 전전하던 나이트클럽에서 가져온 재떨이가 놓여 있었다. 고모는 혈육을 잃은 비통함에 일그러진 얼굴로 목 놓아 울고 있었다. 살면서 처음 보는 깊은 슬픔이었다. 아파트에 가득 찬 소독약 냄새, 퀴퀴한 담배 냄새, 스토브의 단지에서 풍기는 페퍼라이스와 정향 냄새가 슬픔에 더해져 무겁게 가라앉은 분위기였다. 아빠는 죽은 사람이 리 삼촌이 틀림없는지 확인하고 싶어 했고, 낸시 고모는 자신이 직접 병원에 다녀왔으며 분명 리 삼촌이라고 했다고 전했다. 아빠는 자신이 직접 확인하겠다고 했다. 나는 아빠와 엄마 그리고 다른 사촌들이 시체 안치소로 간 사이 집에 남았다.

나는 리 삼촌과 그다지 친하지 않았다. 그래서 사실 삼촌의 죽음은 나에게 그리 큰 일이 아니었지만 아빠는 달랐다. 아빠는 완전히 무너져 내렸다.

리 삼촌은 교도소 밖에서 보낸 기간이 길지 않았다. 우리 집에

꼬박꼬박 찾아왔어도 아빠와 삼촌은 별로 친해 보이지 않았다. 하지만 두 사람은 볼티모어에서 어린 시절을 함께 보냈고, 그 후로 살아남으려고 함께 발버둥 치다 보니 신체적으로나 정신적으로 강인해졌다. 강인함이 두 사람에게는 잘 어울렸다.

시체 안치소에서 돌아온 아빠는 낯선 사람 같았다. 그저 멍한 눈으로 횡설수설했다. 사촌 중에 하나가 놋쇠 촛대에 꽂힌 향에 불을 붙이자, 향기 한 줄기가 연기에 실려 노란색 페인트를 칠한 천장으로 피어올랐다. 나는 리 삼촌이 바에서 술을 거나하게 마시고 골목길로 나왔다가 강도를 만나 두들겨 맞았다는 이야기를 들었다. 말 그대로 죽을 때까지 짓밟힌 삼촌의 사인은 내부 장기 파열이었다. 아빠는 통곡했고, 엄마는 아빠 가까이 다가가지 못했다. 아빠의 통곡이 무서운 것 같기도 했겠고, 불쑥 찾아온 슬픔이 자신의 남편을 낯선 사람으로 바꿔 놓은 것 같기도 했으리라. 사실 그건 여러 가지 면에서 사실이었다.

장례식은 아빠가 여동생들과 드러내 놓고 나누는 슬픔으로 가득 찼다. 사촌과 조카들이 음식을 마련해서 장례식을 치르는 아파트 안을 조용히 움직였다. 묘소로 가는 길에 가족들은 기도를 하고 낯선 여자가 '자비로운 하나님'이라는 노래를 불렀다. 장례 절차 하나하나가 낯설었다. 어른이 그렇게 우는 모습은 처음이었다. 어른들은 슬픔에 북받쳐 일그러진 얼굴로, 아픔에 떠밀려 흐리멍덩하게 차에서 무덤 옆으로, 다시 무덤 뒤로, 다시 브롱크스로 돌아왔다. 그리고 탁자에 둘러앉아서 리 삼촌이 단 몇 년 만이라도 더 살았으면 어땠을까 하는 고통스러운 생각을 곱씹었다.

브롱크스에서 할렘의 집으로 오는 길에, 나는 삶이 계속되는 모습을 보았다. 아이들은 122번가에서 공을 차며 뛰어놀고, 얼음 장수는 얼음을 운반하고, 창가에 앉은 아줌마들은 세상이 돌아가는 광경을 지켜보고 있었다. 누군가가 죽어도 삶은 계속 나아간다. 다만 리 삼촌은 이제 동참하지 못할 뿐이다.

다음 날인 일요일 아침, 내가 방에서 나와 입을 떼려 하자 아빠가 입술에 손가락을 가져다 대었다.

"일요일이다. 주일이란 말이다."

아빠가 말했다.

엄마를 쳐다보자 엄마는 시선을 돌렸다. 아빠는 라디오 옆에 앉아서 미스 애나 토엘이라는 여성 전도사의 설교 방송을 들었다. 가끔 동의한다는 듯 고개를 끄덕이기도 했다. 아빠는 그날 하루 종일 설교를 들었고, 그다음 주 일요일에도 그랬으며, 그해에 남은 일요일 내내 그랬다. 밤에 퇴근하고 오면 거의 말이 없었다. 그저 저녁을 먹고 라디오를 들었다. 라디오에서는 언제나 종교 방송을 했다. 아빠가 그렇게 슬픔에 잠기자 엄마도 극도로 우울해졌고 우리 삶은 아주 달라졌다. 더 이상 집안에 우리 가족 셋만 있는 일은 없었다. 동생을 잃은 아빠의 비탄은 너무나 생생해서, 우리 집에는 실제로 비탄이라는 낯선 손님이 함께 사는 것 같았다. 그 손님은 세상의 중심에 있던 내 자리를 차지했다.

아빠가 너무 우울해하자 엄마도 크게 영향을 받았다. 엄마는 아빠가 곁에 없어도 아빠에게 거리를 두는 것 같았다. 돌이켜 보면, 나 역시도 아빠에게 거리를 두었다. 죽음은 나에게 새로운 사건일 뿐만 아니라, 온전히 이해할 수도 없는 불행이었다. 아빠에게도 견딜 수 없는 일이었다. 어쩌다 밤중에 깨어 보면 아빠가 침대 옆에 무릎을 꿇고 앉아서 기도하는 소리가 들렸다. 한번은 출근하려던 아빠와 엄마가 싸우는 소리가 들렸다. 아빠가 나가고, 쾅하고 문 닫히는 소리가 들렸다. 무슨 일이냐고 물었더니 엄마는 울어서 벌게진 눈으로 아빠가 슬퍼만 하는 모습은 더 이상 견딜 수가 없다고 했다.

"죽은 건 리 삼촌이지, 우리가 아니야."

엄마는 그렇게 말했다.

나를 중심으로 돌던 세상이 갑자기 멈춰 섰다. 나는 여전히 세상의 일부였다. 여전히 야구를 하고 식사를 하며 책을 읽고 가족의 죽음과 슬픔을 경험하고 있었다. 하지만 이제는 아주 작은 일부였다.

아빠의 우울은 일 년 내내 계속되었다. 아빠는 전에 없이 독실해졌고, 거의 말을 하지 않았고 외출도 하지 않았다. 그해에도 크리스마스는 왔지만, 내가 엄마와 함께 크리스마스트리가 있는 거실에 앉아 있고, 아빠가 혼자 주방에 앉아 있는 사이 지나가 버렸다. 무엇보다 그리운 것은 아빠의 유머 감각이었다. 어떤 상황에서든 웃음을 찾아내는 아빠였으나 이제는 어디에서도 웃음을 찾지 못했다. 동생의 죽음이 짙게 드리운 그림자만 남아 있을 뿐이었다.

어윈 래셔 선생님이 새로 편성되는 중학교 속성 심화 학습반을 추천했고, 나는 입학시험을 쳤다. 시험은 언제나 식은 죽 먹기였다. 나는 시험을 게임처럼 보고, 나 자신이 주인공이 되어 가상의 상대방이 내미는 도전장을 기꺼이 받아들였다. 도로시 도드슨과 에릭도 나와 같은 반에 가게 되었다. 학생들은 뉴욕 시내 여기저기서 왔고, 그중에는 브루클린에서 온 아이도 있었다.

심화 학습반 학생들은 일 년 만에 중학교 1학년과 2학년 과정을 마치고 이듬해에 바로 3학년으로 올라갈 예정이라 필요한 수업은 그 사이에 다 들어야 했다. 내가 친구들과 들어갈 학교는 128번가의 43중학교로, 현재는 애덤 클레이턴 파월 아카데미다. 심화반은 여학생이 열네 명에 남학생 열한 명 규모로, 당시로서는 작은 반이었다. 나는 곧 공식적으로 '똑똑한 아이'로 인정받게 되었다.

나는 속성 심화 학습반이 좋았다. 특별 과정이라는 뜻에서 일명 '특과'라는 별칭으로 부르기도 했는데, 반 아이들은 말할 것도 없이 똑똑했다. 우리는 한 해 내내 서로를 알아 갔는데 이렇게 주위 아이들이 전부 다 똑똑한 경우는 처음이었다. 말하자면 우리는 시험을 쳤다 하면 모두 90점 이상을 받는 반이라 80점짜리는 놀림감이었다. 나는 난생처음으로, 혼자라는 기분을 느꼈다. 반쯤은 우리 집 상황 때문이기도 했지만 그것 때문만은 아니었다.

학교에서 배우는 역사 교과 과정에, 그때 처음으로 노예제도가 들어가 있었다. 한동안 수업 내용은 평범했다. 노예제도가 미국 역사에서 아주 오래전 불행한 시절에 있었던 일이며 남북 전쟁을 촉발시켰다고 배웠다. 역사책에는 옷도 제대로 걸치지 않은 아프리카 사람들이 무기라고는 지팡이만 든 백인들의 엄중한 감시 속에 배에서 줄지어 내리는 그림이 있었다. 노예제도 참고 자료는 그냥 넘어가서 다행이었다. 실제로 그렇게 말한 아이는 없었지만, 세상이 근본적으로 공평하다고 믿었던 나 같은 흑인 아이들은 어찌 됐든 노예가 된 흑인은 그럴 만한 이유가 있었으리라 생각하는 것이 분명했다.

엄마는 독일 핏줄과 인디언 핏줄을 반씩 가졌지만 노예제도에 대해서도 잘 알았다. 마틴스버그에 살 때 이웃의 흑인 노인들에게 노예제도가 얼마나 참혹했는지 많이 들었다고 했다.

"임산부를 매질할 때는 구덩이를 팠대. 배 쪽을 구덩이에 대고 엎드리게 하면 아기는 해를 입지 않을 테니까."

엄마는 들은 이야기를 해 주었다.

역사책에서 노예제도 부분이 끝나자, 내 생각도 책에서 멀어졌다. 로버트 E. 리 장군의 말 이름이 내 자전거 이름과 똑같이 트레블러라는 사실을 발견한 기억이 난다. 흑인 아이들은 학교에서 배운 가치와 일치하는 삶을 원했지만, 흑인 노예라는 개념은 그 삶과

정반대였다. 선생님들은 흑인 아이들이 교과서 내용에 마음이 편치 않다는 사실을 전혀 눈치 채지 못했다. 음악 시간에도 이상한 분위기를 느끼지 못하기는 마찬가지였다. 우리가 부르는 〈켄터키 옛 집〉이라는 노래에 '검둥이 시절'이라는 가사가 들어 있는데도 말이다.

《아이반호》나 《왕자와 거지》, 키플링과 테니슨의 시도 심화 학습반 수업 중에 읽었다. 《톰 소여》와 《허클베리 핀》은 내가 직접 골라 읽었고, 《작은 아이들》은 제럴딘 누나한테 선물받았다. 《아이반호》는 별로고 《왕자와 거지》는 끔찍하고 시들은 참을 만한 정도였지만, 《톰 소여》와 《허클베리 핀》은 아주 마음에 들었다. 《작은 신사들》도 아주 마음에 들어서 두 번이나 읽은 후에, 도서관에 가서 같은 작가가 쓴 《작은 아씨들》도 빌려왔다. 《작은 아씨들》은 이제까지 나온 책 중 최악이 될 가능성이 적지 않았다.

나는 책을 많이 읽었지만, 글쓰기를 연결 지어 생각하지 않았다. 작가들 사진은 즐겨 보았지만 학교에서 배운 작가들은 모두 내가 생각하는 현실과는 아무 연결 고리가 없었다. 우선 내가 아는 한 그 작가들은 모두 죽었다. 살아 있는 사람은 다 영국인이었다. 그건 나한테는 죽은 것이나 마찬가지였다. 그해에 찾아서 읽은 책에는 섹스가 나오기도 했다. 나로서는 그해의 가장 위대한 발견이었다.

엄마가 집에 있을 때는 점심을 집에 가서 먹었다. 하지만 엄마가 공장 일이나 아파트 청소를 다시 시작하면서, 점심 사 먹을 돈을 받았다. 돈은 대부분 표지에 여자들이 나오는 성인용 책을 사는 데 썼다. 도로시 도드슨한테 관심이 생기기는 했지만, 실제로 여자아이를 좋아한 적은 없었다. 그냥 여자를 사귄다는 생각 자체에 끌렸다. 그래서 몇 달 후, 우리 반 여자아이들이 남학생들을 놓고 '괜찮은 남자' 순위를 매긴다고 했을 때, 나는 조금 기대를 했다. 그때 10명으로 줄어든 남학생 중에 나는 8등이었다. 여자 생각은 거기서 접었다. 나는 성적이 좋았고, 내가 속한 우리 반 농구부는 전교에서 두 번째로 강했다. 말하기 교정은 계속했지만 더 이상 싸움은 하지 않았다.

나는 점점 더 오랫동안 방에 혼자 앉아 책을 읽거나 글을 썼다. 엄마는 '더 넘버스'라는 복권을 사기 시작했고, 나는 라디오에서 나오는 경마 결과를 듣고 그 숫자를 더해 복권 당첨 숫자를 맞히는 법을 배웠다. 가끔씩 엄마와 함께 앉아 텔레비전을 보기도 했지만, 점점 아무 말 없이 텔레비전만 보았다.

그해가 더디게 흘러 끝나갈 무렵, 아빠는 우울증에서 빠져나오려고 애를 썼다. 가끔 엄마와 나를 데리고 록어웨이 해변으로 나가면 아빠는 잔교 끝에서 낚시를 했다. 그러면 낚시를 별로 좋아하지 않는 엄마와 나는 해변을 산책했다. 나는 바다 냄새도, 해변에서 재빨리 움직이는 신기한 게들도 좋았다. 엄마는 아파트 밖으로 나왔다는 사실만으로 무척 기뻐했다.

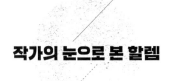

작가의 눈으로 본 할렘

할렘. 나는 나이를 먹어가면서 점차 세상을 다르게 보기 시작했다. 열세 살 때였다. 실제 작가들이 세상을 볼 법한 방식으로 내 주변 세상을 보고 싶었다. 그러면 세상이 경이로운 마법과 숨이 턱 막힐 듯한 아름다움으로 가득해 보일 것 같았다. 그런 세상을 보고 영감을 받으면 나도 학교에서 읽은 것 같은 시들을 쓸 수 있을 것 같았다. 영국의 낭만파 시인 셸리나 바이런의 눈으로 세상을 보고, 그들의 펜을 움직인 영감을 나도 느끼고 싶었다. 나는 타자기가 없었기 때문에, 글은 흑백 표지의 작문 공책에 썼다.

뉴욕 시내 다른 지역도 많이 돌아다녔지만, 나의 세상은 역시 할렘이었다. 사실 할렘은 외관상으로도 손에 꼽을 만큼 아름다운 지역이었다. 남쪽 경계선이 센트럴파크에 접해 있고 허드슨강과 이스트강을 양옆에 끼고 있는 할렘은 1890년대에 중상류층 백인을 위한 초현대식 도심 주거 공간으로 건설되었다. 뉴욕이 북쪽 방향으로 팽창하는 속도가 너무 빨라지면서, 미국의 일류 건축가들이 설계한 웅장한 아파트와 브라운스톤이라 불리는 우아한 빨간 벽돌 건물이 즐비한 새로운 주거 지구는 많은 투자자들에게 손실을 끼치는 지역이 되었다. 원래 한 가구용으로 설계된 아파트는 여러 구획으로 쪼개져 두세 가구용으로 바뀌고, 웨스트포티 지역에만 거주하던 흑인들이 정식으로 할렘에 이주했다. 1차 세계대전 시기까지 할렘은 점차 흑인들이 밀집한 빈민 지역이 되어 갔다. 집 주인은 다른 지역에 살고 지역 사회 시설도 형편없었지만, 주민들은 자긍심을 갖기 위해 끊임없이 발버둥 쳤다.

이느 날 아침, 나는 공식적으로 할렘 관찰을 시작했다. 허드슨 강변에서 125번가가 시작되는 지점이 출발점이었다. 할렘과 닿아 있는 허드슨 강가에는 오래된 목재 잔교가 곳곳에 흩어져 있었다. 잔교 끝에는 할아버지들 몇몇이 낚시를 하고 있었고, 옆에서는 덩치 큰 아줌마가 게를 잡을 바구니들을 내리고 있었다. 마크 트웨인의 미시시피 강처럼 낭만적인 모습을 상상했지만 허드슨 강은 그런 분위기가 아니었다. 옆의 다른 잔교에 배가 몇 척 묶여 있었고, 그중에 한 척은 석탄을 연료로 쓰는 배 같았지만 낭만이라고는 흔적도 없었다. 나는 125번가를 따라 동쪽으로 걸음을 옮겼다.

걷다 보니 우유를 병에 옮겨 담는 공장이 나왔다. 수없이 많은 우유병이 컨베이어 벨트에 나란히 서서 거침없이 움직이는 모습을 보면서, 뭔가 대단하다고 생각해 보려고 했다. 하지만 우유 가공 공장에도 신참 작가가 볼 만한 것은 별로 없었다. 바이런이나 셸리 같은 작가라면 어떤 것을 봤을지 알고 싶었다. 그들은 정말로 나보다 호기심이 많고 미적 감수성이 뛰어난 사람들인지도 모른다. 계속 걸었다.

125번가에는 내가 그때까지 평생 봐 왔던 것들이 늘어서 있었다. 어떻게 해야 새로운 눈으로 볼 수 있을지 알 수 없었다. 골목 어귀에 있는 장례식장은 원래 있던 그 장례식장이었고, 〈쓰리, 3, 세 편의 대작 그리고 단편들〉이라는 광고가 붙어 있는 웨스트엔드 극장도 원래 그 극장이었으며, 할렘 중심부의 골목길에 있는 가게들도 다 원래 보이던 대로 보였다. 아직 이른 시간이었지만 아폴로 극장 앞에서는 몇몇 연주자들이 이야기를 하고 있었다. 나는 연주자들과 극장 앞 광고 전단에 나온 얼굴을 맞춰 보았다. 외다리 탭댄서, 페그레그 베이츠가 밴드 단원들과 코미디언과 함께 나와 있었다.

계속 125번가를 걸어 유니티 보험회사까지 갔다. 석 달에 한 번씩 부모님의 생명 보험금을 내러 심부름을 오는 곳이었다. 말이 생명 보험이지, 사실은 장례 보험이었다. 보험을 든 사람이 죽으면 최소한 괜찮은 장례식은 치를 수 있도록 보장하는 보험이니까. 할렘 출신을 말할 때 최악의 혹평은 그 사람이 공동묘지에 묻혔다는 얘 기다. 사람들은 그 몇 마디면 한 개인의 평생이 요약된다고 생각하는 것 같았다.

할렘 지역 건물은 옥상이 근사했다. 나는 우리 아파트 계단을 올라가 옥상 가장자리에 앉아서 모닝사이드 애비뉴를 내려다보며 책을 읽곤 했다. 다소 빈약한 '관찰'을 마친 날도 집에 돌아와서 옥상으로 올라갔다. 그리고 눈 아래 내려다보이는 거리 풍경을 기록했다. 지금 기억하건대 뭔가 굉장히 극적인 글을 쓸 생각이었던 듯하다. 날이 따뜻해지면 옥상에 바른 타르가 햇살에 달궈지면서 독특한 냄새를 풍겼다. 사람들은 옥상에서 바비큐를 굽기도 했다. 파티를 하다가 사람이 떨어졌다는 이야기도 몇 번 들렸지만, 진짜로 사람이 떨어진 적이 있는지 기억이 나지 않는다. 어느 옥상에서는 빨랫줄에 걸린 새하얀 시트가 여름 바람에 펄럭이기도 했다. 나는 세상 위 드높은 곳에 있다는 사실이 좋아서 옥상에 앉아 오래도록 시간을 보냈다. 공원 나무 아래에도 오래 앉아 있곤 했다.

맞은편에 아줌마들이 어린아이들을 데리고 나와 벤치에 앉아 있는 모습이 보였다. 아는 얼굴도 있었다. 엉덩이가 커다랗고 체격이 큰 아줌마들이 내가 이사 온 후로 자주 앉는 벤치에 앉아 있었다. 남자들은 공원에서 보드게임의 일종인 체커를 했고, 아이들도 몇 명 더 보였다. 이리저리 뛰어다니는 아이들 머리 위로, 참새들이 따라서 날고 있었다.

5번 애비뉴를 따라 이층 버스가 지나가자, 나는 이층 버스를 거대한 황록색 용으로 묘사했다. 사실 버스는 용과 전혀 닮지 않았다. 스튜드베이커 차량이 지나갈 때는 앞으로 보나 뒤로 보나 똑같아 보인다는 사실에 대해 뭔가를 써 보려고 했으나 별로 신통치 않았다. 시골로 이사를 가거나 적어도 뉴욕 시내는 벗어나야 글이 써질지도 몰랐다. 할렘은 이국적이지도 특별하지도 않았다. 나에게 할렘은 그냥 집이었다.

　대신에 이웃에서 만나는 사람들에 대해 쓰기로 했다. 도드슨 아줌마는 '서부 할렘의 이상한 마녀'였다. 큰 키에 갈색이 도는 피부, 똑똑하고 격식을 따질 것 같은 얼굴에 단호하게 다문 아랫입술이 닻처럼 박혀 있었다. 불의는 무엇이라도 두고 보지 않겠다는 성격이 드러나 보였다. 매사에 견해가 분명했기 때문에 거기 맞설 때는 완전무결한 논리로 무장해야 했다. 아줌마 남편은 아줌마보다 약간 작지만 아주 훤칠했다. 철도 회사에 다니는 관계로 보통 며칠씩 집을 비웠다. 원래도 좋은 직장이던 철도 회사는 인권 운동사의 핵심 인물인 A. 필립 랜돌프 덕에 점점 더 좋은 직장이 되고 있었다. 하지만 가정을 이끌어 가는 사람은 서부 할렘의 이상한 마녀였다. 아줌마의 세 자녀, 로버트, 도로시, 헬렌도 착하고 바른 일을 할 아이들이었지만, 어떤 것이 그들에게 바른 일인지 아줌마만큼 아는 사람은 없었다. 아줌마하고 딱 한번 진짜로 말싸움을 벌인 적이 있다. 나에게 바른 일이란 어떤 것인지 아는 척하며 설교를 늘어놓았기 때문이다. 사실 아줌마는 잘 몰랐다.

우리 집 위층에는 멜바 베일 누나가 살았다. 누나는 시간제 모델이자 플라멩코 무용수였다. 누나 덕에 우리 집 천장에서는 발소리가 쾅쾅 울렸고, 딱딱 캐스터네츠 치는 소리도 늘 들렸다. 엄마는 그 누나를 싫어해서 소리가 날 때마다 빗자루로 천장을 쿵쿵 찧고는 했다. 나는 몰래 캐스터네츠를 사서, 윗집에서 들리는 소리와 비슷한 소리가 날 때까지 혼자 연습했다. 멜바 누나는 〈제트〉라는 잡지 표지에 실리기도 했는데, 그건 흑인 사회에서는 큰 사건이었다. 누나는 나중에 배우가 된 제프리 홀더와 함께 텔레비전 댄스 프로그램에 몇 번 출연하기도 했다. 수년 뒤, 나는 제프리의 자택에서 그를 만나 멜바를 기억하냐고 물었고 그렇다는 대답을 들었지만, 아리송한 표정으로 보아 그냥 예의상 한 대답 같았다. 누나에게는 할렘 주민 이상이 되겠다는 포부가 있었는데 그런 누나가 매력적으로 생각되었다. 누나의 따뜻한 마음씨와 열린 생각도 좋았다. 아래층 사는 꼬마에게도 따뜻하게 대해 주는 누나였지만 아픔이 있었다. 우리 아파트 사람들은 대부분 누나가 남들과 달리 튀려고 한다며 좋아하지 않았다. 그때 처음으로 '다른 보통 검둥이들과 달라지려고 애쓰는' 사람 이야기를 들었다.

보디 존스 형은 어딘지 모르게 특이했다. 사실 지금도 그 이름 철자를 잘 모르겠다. '보D'라고 썼을 수도 있고, 또 다르게 썼을 수도 있다. 보디 형의 아버지인가 삼촌인가가 카운트 베시 밴드에서 악기를 연주했는데, 보디 형도 트럼펫을 불었다. 나보다 몇 살 많은 보디 형은 내가 말을 이상하게 한다고 했다. 난 언제라도 보디 형과 한판 붙을 준비가 되어 있었지만 형이 응하지 않았다. 사실 형은 분명 나를 한주먹에 쓰러트릴 수 있었을 것이다. 한번은 형이 라이트 빌리와 빙키, 다른 아이들 앞에서 나를 가만두지 않겠다고 으름장을 놓았다. 그리고 주머니에 손을 넣어 칼이 있다는 걸 보여주었다. 나는 두 가지 이유에서 보디 형의 칼이 겁나지 않았다. 첫째는 미키 형이 야구 방망이를 들고 보디 형 뒤에 서 있었기 때문이고, 둘째로는 내가 좀 모자랐기 때문이다.

미키 형과 나는 아주 친해졌다. 나를 입양한 부모님은 나에게 미키 형보다 나은 환경을 제공했다. 적어도 내 기준에서는 그랬다. 형과 나 사이에서 가장 큰 문제는 성격 차이였다. 형은 무사태평하다 못해 소극적인 반면 나는 공격적인 성격이다. 의견이 안 맞는 경우 형은 다른 이야기로 넘어가고 싶어 했고, 나는 싸우고 싶어 했다. 형은 나에 비해 활동에 제약이 있었는데 무슨 이유인지 할렘 지역에서만 놀아야 했다. 나는 자전거를 타고 79번가 리버사이드 보트 선착장까지 가기도 하고, 리버사이드 드라이브에 있는 인터내셔널 하우스까지도 돌아다녔다.

작가로서 내가 관찰한 가장 인상적인 장면은 성 니콜라스 애비뉴의 지하철 A노선 125번가 역 출입구 풍경이었다. 아침이면 사람들이 계단 아래로 끊임없이 밀려 들어가고 저녁이면 위로 끊임없이 밀려나왔다. 다들 시내로 일을 하러 가고 있었다. 당시 내가 아는 직업이란 잡일을 하는 인부나 청소부, 배달부들이 하는 잡일이었다. 물론 예외가 있다는 것은 알고 있었다. 〈암스테르담 뉴스〉 같은 신문과 〈애버니〉 같은 잡지는 시내 사무실에서 일하거나 조금이라도 이름이 알려진 흑인들 사진을 끊임없이 실었다. 그래도 백인들이 거머쥐는 성공과 나란히 놓고 보면, 〈암스테르담 뉴스〉에 실리는 흑인들 이야기는 우스울 정도였다. 백인들의 신문에는 백인 상원의원이 연설을 했다거나 백인 사업가가 어디에 지점을 냈다는 기사가 실렸고, 흑인 신문에는 흑인 엘리베이터 수리공이 20년 근속 증서를 받았다는 기사가 실렸다. 백인 가수는 카네기홀에서 공연했다. 만약 흑인 가수가 카네기홀에 나타났다면 오페라 출연이 아니라 독창회를 하는 경우였다. 그리고 보통 흑인 영가를 빠트리지 않고 불렀다.

살아가는 과정에서 인종이라는 요소가 큰 역할을 한다는 깃은 점점 뚜렷해졌다. 흑인은 백인들과 같은 기회를 못 가진다는 사실을 알았다. 하지만 '검둥이'가 이뤄 낸 성취라는 점에서만 대단하다고 여겨지는 일은 하고 싶지 않았다. 내가 인생에서 무엇을 해내든 그것이 학교에서, 교회에서, 지역사회에서 배운 핵심적인 가치에 부합하기를 바랐다. 나는 나도 모르는 사이에 백인이 흑인보다 가치 있다는 생각을 받아들이고 있었다. 내가 절대로 백인이 될수 없다는 사실을 잘 알고 있었기에 인종과는 상관없는 존재가 되고 싶었다.

글쓰기에서 내 롤 모델은 학교에서 배우는 작가들이었다. 영국인이 아름다움을 알아본다면, 나라고 왜 못 보겠는가? 셰익스피어가 사랑과 질투와 증오에 대해 썼다면 나라고 왜 못 쓰겠는가? 나는 열네 살까지 '검둥이' 작가가 쓴 책은 한 권도 읽지 않았다. 조지 브루스 도서관에 몇 권 있었을지 모르지만, 괜히 책이 있냐고 물어봐서 나를 '검둥이'와 결부시키고 싶지 않았다.

작가들이 자신의 이웃을 보는 방식으로 내 자신의 이웃을 보고 글을 쓰려 애쓰며 답답해하다가 한동안 쓰지 못했다. 그때껏 한 번도 '검둥이'의 의미를 깊이 생각해 본 적이 없다가 이런 생각이 들기 시작했다. 그냥 흘러가는 대로 내버려 두면, 십중팔구 나도 언젠가 지하철 A선을 타고 시내로 가서, 아빠가 하는 것처럼, 엄마도 가끔 하는 것처럼 백인들의 세상을 청소하는 신세로 전락할 것 같았다.

학교에서는 반 남자아이들과 함께 몰려다니기 시작했다. 몰려다닌다는 의미는 최대한 마초처럼 굴면서 우리가 특별한 존재란 사실을 각인시킨다는 뜻이었다. 학교 건너편은 버스 터미널이었다. 터미널에는 버스 승차권을 인쇄하는 곳이 있었다. 우리를 감시해야 할 늙은 수위 아저씨 눈을 속이고 숨어들기는 식은 죽 먹기였다. 우리는 인쇄실로 가서 승차권을 몇 장 집어오거나 아예 다발로 훔쳐 왔다. 그 승차권으로 학교 앞 정류장에서 버스를 타고 몇 블록 떨어진 지하철역으로 갔다. 정말 별것 아닌 일 같지만 아주 만족스러운 성과였다.

어느 점심시간이었다. 우리는 다섯이 모여 버스 터미널의 옥상 차고로 숨어들었다. 이번에는 승차권을 훔치는 대신 버스 안까지 들어가서 앉기로 했다. 제임스 윌리엄스의 제안으로 우리가 차에 시동을 걸 수 있을지 알아보기로 했던 것이다. 시동이 쉽게 걸리자 이번에는 옥상을 한 번 돌아보자는 의견이 모였다. 기사로 뽑힌 제임스가 운전하는 버스가 원래 자리에서 벗어나 나란히 주차된 차들을 지나고 주차장 복도 절반의 반 정도까지 갔을 때, 경찰의 호각 소리가 들렸다.

제임스가 재빨리 버스를 세웠고, 우리는 모두 내리는 문을 향해 뛰었다. 버스 뒤에 앉아 앞좌석에 발을 올리고 있던 내가 제일 꼴찌였다. 버스에서 뛰어나간 아이들이 오른쪽으로 도망치는 모습이 보였다. 경찰이 아이들이 많이 간 방향으로 쫓아갈 거라는 계산으로 나는 문에서 뛰어내려 왼쪽으로 꺾었다. 그리고 선두에 선 경찰 품으로 뛰어들었다.

일망타진된 우리 일행은 모두 벽을 향해 세워졌다. 경찰을 부른 늙은 수위 아저씨는 승차권을 훔쳐 간 범인도 우리라고 생각하고 있었다.

"맞아요, 이놈들이오! 덩치 좋은 백인 녀석은 어디로 튀었냐?"

수위 아저씨가 꼴좋다는 듯 우렁찬 목소리로 물었다. 아저씨가 말한 아이는 에릭이었다. 에릭은 점심을 먹으러 집에 가고 없었다.

경찰은 우리 이름과 반을 적은 다음, 오후에 데리러 가겠다고 했다.

교실로 돌아온 우리는 안절부절 못한 나머지 여자아이들한테 무슨 일이 있었는지 다 털어놓았다. 교실 문이 열릴 때마다 심장 다섯 개가 쿵쿵 내려앉았다. 그때 스테파니 베나가 화장실에 다녀와도 되냐고 허락을 받았다. 내 평생 만난 사람 중에 가장 똑똑한 아이였다. 십 분 후 돌아온 스테파니가 교실 문을 열며 안됐다는 듯 고개를 설레설레 젓더니 복도 쪽으로 크게 외쳤다.

"경찰 아저씨, 여기 있어요."

조너선 윌링엄이 그 자리에서 울음을 터뜨리지 않았다면, 내가 울었을 것이다. 담임인 지크프리트 선생님이 돌아보며 무슨 일이 냐고 묻자, 스테파니는 자기 때문에 심장이 내려앉은 다섯 죄인을 보며 빙그레 웃고는 교실 문을 닫고 자리로 가서 앉았다.

학기 말에 사건이 하나 더 있었다. 학교 밖에서 있었던 그 사건으로 나는 크게 충격을 받았다. 에디라는 아일랜드 출신 아이가 파티를 연다고 했다. 에디는 에릭을 초대하면서 같이 오고 싶은 아이는 데려와도 좋다고 했다. 에릭은 에디가 보는 앞에서 나더러 파티에 가겠냐고 물었고 나는 가겠다고 대답했다. 나중에 에디가 에릭에게 나는 백인이 아니기 때문에 파티에 올 수 없다고 했다. 화가 잔뜩 난 에릭이 나에게 그 말을 전하며 에디를 두들겨 패 줘야한다고 했다. 나도 그런 심정이었지만, 사실 나는 화가 났다기보다는 상처를 받았다.

사고뭉치들

심화 학습반 덕분에 한 해 만에 마친 중학교 1학년과 2학년 시절은 두 가지만 기억에 남았다. 그해 나는 한 번도 큰 싸움을 하지 않았고, 아빠는 내내 무척 우울해했다. 방학을 하자 찜통 교실에서 해방되어 좋았지만, 여름방학이라고 해서 별다른 기대는 없었다. 내 인생에서 친구가 가장 없던 시기였고, 같은 동네에 사는 또래들과 공통 관심사가 아무것도 없었기 때문이다. 한두 살 많은 형들은 여자와의 데이트에 관심을 보이면서도, 십 대 중반 청소년의 관습과 규칙에 따라 살려고 했다. 다시 말해, 자기보다 나이가 적은 남자아이와 어울리려고 하지 않았다. 나는 열세 살이지만 요즘 말로 하면 '영재반' 과정의 중3 진학을 앞둔 반면에 동갑내기들은 이제 겨우 중학교에 입학할 차례였다. 그즈음에는 운동은 농구만 했는데, 보통 네 살이나 다섯 살 정도 많은 형들과 했다.

농구는 여러 면에서 아주 마음에 들었다. 자연스레 내가 좋아하는 경쟁을 할 수 있을 뿐 아니라 종목 자체가 지역사회에서 선망의 대상이었다. 농구를 잘하는 아이는 할렘 전체에서 유명해졌다. 승리한다는 의미 이상으로, 물론 그것도 나에게 중요하지만, 공을 다루면서 다양한 방식으로 몸을 움직이는 것이 아주 좋았다. 공중으로 힘껏 뛰어올라서, 골대를 맞고 튕겨 나온 공을 낚아 챈 다음, 상대 선수 머리 위로 패스한다. 스릴이 넘쳤다. 가장 치열한 여름 토너먼트 중 멀리 필라델피아에서 온 선수들과 경기를 펼칠 때는 짜릿할 정도였다.

동생 이머진이 친아버지와 함께 살려고 할렘으로 이사했다. 예쁜 얼굴에 밝고 에너지가 넘쳤지만, 미키 형과 마찬가지로 집밖에 나가서 놀아도 된다는 허락은 잘 받지 못했다. 내가 농구하는 모습을 이머진이 보러 와 주기를 무척이나 바랐지만, 결국 내가 잘 치른 시합은 한 번도 보러 오지 못했다. 이머진은 내 자작시를 몇 편 보곤 무척 좋아하기도 했다. 우리는 이머진을 진이라고 불렀는데, 진이 나와 무척 닮았다는 생각이 들자, 내 다른 생물학적 가족은 어떤 사람들일지 궁금해졌다.

래셔 선생님 덕분에 나는 자신을 똑똑하다고 생각하게 되었고, 3학년에 올라갈 즈음에는 이미 교육이 아주 중요한 의미가 되어 있었다. 당시 뉴욕시 교육제도는 지금보다 훨씬 단순 명확했다. 고등학교는 실업계와 상업계, 일반계, 인문계, 이렇게 네 계열로 나뉘었다. 전체 남학생의 이십오 퍼센트 정도가 인문계 학생으로, 대학 진학 대상자였다. 다른 학생들은 고등학교까지 나와도 졸업 즉시 직업 전선으로 들어갔다. 학교를 중퇴하는 비율이 상당히 높은 편이었지만 별문제가 없었다. 일할 의지가 있고 글만 조금 읽을 줄 알면 할 수 있는 일이 대부분이었다. 그렇지만 나는 교육을 제대로 받지 못하면 십중팔구 '검둥이'가 하는 일을 하게 되리란 사실을 알고 있었다. 그런 저급 직업에 아무 희망도 없이 그저 갇혀 있는 사람이 이웃에 아주 많았다.

그 시기 내 머릿속에는 뚜렷하게 다른 두 가지 목소리가 들려서 혼란스러웠다. 하나는 스포츠와 길거리 생활을 말하며 남자로서 살아야 한다는 거친 목소리였다. 마치 누군가의 코앞에다 대고 이제 더 이상 코트나 길거리에서 말도 안 되는 부당한 짓은 참아 내지 않겠다고 외치는 것 같았다. 다른 하나는 내가 길거리 친구들이나 팀 친구들에게 숨겨 온 목소리였다. 그 목소리는 점점 더 문학의 언어를 말하고 있었다. 할렘에는 내가 전혀 몰랐던 찬란한 문학 유산이 있었다. 소위 말하는 '할렘 르네상스'는 랭스턴 휴스와 클로드 매케이, 조라 닐 허스턴, 카운티 컬런 같은 작가를 낳고 1930년대 대공황 시기에 막을 내렸지만, 학교에서는 이들 작가를 가르치지 않았다. 더구나 도서관에는 흑인 사서가 거의 없었고 조지 브루스 분관에도 흑인 사서는 없었다. 있었더라면 이들 작가 중 한 명이라도 읽어 보라고 알려 주었을지도 모른다.

나는 여름방학 내내 농구와 독서를 하며 보냈다. 농구를 하던 나를 도와준 사람은 굉장히 말랐지만 이름은 패티인 흑인 코치로, 뉴욕에서 상위권인 코만치스 팀을 맡고 있었다. 패티 코치는 대학에서도 농구를 할 수 있다고 알려 주었고, 그 말에 나는 의욕을 다졌다. 농구를 하지 않을 때는 손에 잡히는 대로 책을 읽었다. 도서관에 가면 아무 소설이나 집어 한두 쪽을 대충 읽어 보고 빌릴지 말지 결정했다. 그런데 조지 브루스의 여자 사서가 나더러 빌려 가는 책을 다 안 읽는 것 같다고 했다. 그다음부터는 일부러 드문드문 갔다. 내가 책을 진짜로 읽는다고 생각해 주기를 바랐기 때문이다.

3학년 때 담임은 메리 핀리 선생님이었다. 학생들에게 그렇게 기대가 큰 선생님도, 그렇게 많이 실망하는 선생님도 처음이었다. 우리는 이미 일 년 동안 같은 반이었기 때문에 선생님이 아웃사이더였다. 새 학기의 첫 주가 한 학년 동안 반 분위기를 결정했다. 반 아이들 중 리언 세이도프의 아빠가 125번가와 암스테르담 애비뉴가 만나는 부근에서 간이매점을 했는데, 우리는 거기서 씹는담배 아홉 덩이를 샀다. 아침에 담배를 사자는 아이디어가 나왔고, 점심시간에 담배를 구했으며, 점심을 먹고 나서 바로 씹기 시작했다. 우리 중에 담배를 씹어 본 사람은 아무도 없었는데, 왜 그게 좋은 아이디어라고 생각했는지는 지금도 알 수 없다. 맨 처음 누가 토했는지 기억나지 않지만 나머지 일당 모두가 씹는담배 뭉치를 게워내던 순간의 핀리 선생님 얼굴은 생생하다. 한창 역사 시간이었는데 교실은 토악질을 하는 열네 살짜리 남학생들과 창문을 열어 환기를 시키는 여학생들로 나뉘었다. 핀리 선생님은 눈물이 그렁그렁한 얼굴로 입을 꾹 다물고 있었다. 선생님의 실망하는 얼굴과 더불어 여자아이들의 역겹다는 표정 덕에 모험은 더더욱 할 가치가 있었던 일이 되었다. 우리는 엉망이 된 교실을 걸레와 물로 청소하면서도 그 생각에 변함이 없었다.

핀리 선생님은 남학생 중 하나가 아파서 다른 아이들도 토하게 됐다며 우리를 감싸 주었다. 하지만 그다음 주 타자 연습 시간에 씹은 종이 뭉치를 던지는 싸움이 벌어지면서, 우리 본색이 전교에 드러났다. 여자아이들은 씹는담배 사건으로 악명을 떨친 우리를 어쩐지 부러워하는 분위기였다. 타자 선생님인 골드스타인이 잠깐 교실을 비우자 곧바로 종이 뭉치 싸움이 시작되었고, 여자아이들도 적극적으로 가담했다. 교실로 돌아온 골드스타인 선생님은 눈앞에 펼쳐진 풍경에 낯빛이 변했다. 타자 교실은 선생님 책상마저도 침 범벅인 종이 뭉치로 뒤덮였다.

특과반 아이들은 사고뭉치라는 소문이 전교에 퍼졌고, 프랑스어를 가르치는 맨리 선생님이 우리가 얼마나 넌더리 나는 아이들이며, 교육받을 기회를 얼마나 낭비하고 있는지 장황하게 설교했다. 선생님은 전교에서 유일하게 흑인 선생님이었다.

담임인 핀리 선생님 과목은 국어였다. 나는 선생님의 수업이 따분했다. 아니 따분하다고 생각했는데, 갑자기 엘리자베스 배럿 브라우닝의 소네트가 등장했다. 소네트라면 몇 편 읽어 봤지만, 핀리 선생님은 브라우닝의 소네트를 낭독하며 새로운 의미를 부여했다.

"님이여! 저를 사랑해야 한다면,

오직 사랑을 이유로 사랑해 주세요.

난 그대 웃음, 아름다운 모습에,

상냥한 말씨에 반해,

그대만의 사고방식……."

선생님은 우선 엘리자베스 브라우닝의 생애를 소개했다. 태어나서 생애 대부분을 줄곧 외롭게 살아온 연약한 여성이 있었다. 이 여성은 어린 시절부터 꾸준히 시를 썼다. 우리가 수업시간에 읽은 시들은 엘리자베스 브라우닝이 남편인 로버트 브라우닝을 향해 보낸 사랑의 표현이었다. 모두 개인적인 내용이었고, 나는 작가가 자신의 마음을 표현했다는 것을 이해할 수 있었다. 이전에 읽은 다른 시들은 어쩐지 작가의 사적인 글로 느껴지지 않았었다. 어떤 사람은 그리스 항아리를 보고 크게 감명을 받으면 즉시 자리에 앉아 그것에 관한 글을 쓸 수도 있을 것이다. 그렇지만 나는 사랑하는 사람에게 보내는 마음을 시로 쓴다는 발상에 즉시 빠져들었다. 엘리자베스 브라우닝의 시는 브라우닝이 쓴 시일 뿐 아니라 브라우닝의 마음이기도 했다.

《포르투갈어에서 옮긴 소네트》의 시들은 율격과 어조 모두 편안하고 우아했으며, 나는 그 점이 부러웠다. 엘리자베스 배럿 브라우닝처럼 쓰고 싶었다. 내 방 창가에서, 무릎에 자그마한 강아지를 앉혀 두고, 지극히 개인적인 시를 쓰고 싶었다. 소네트의 형식에 따라 쓴 덕분에 내 시도 냉담해 보이지 않고 진짜 시와 별로 다를 바 없어 보였다. 이제껏 읽어 온 몇몇 다른 영국 시인들의 시와 마찬가지로.

선생님은 반 아이들에게 소네트를 써 오라는 과제를 내주었다. 우선 아무 종이에나 여러 번 연습하고 그만하면 됐다 싶을 때 정성스레 작문 공책에 옮겨 적는 방식으로 열댓 편을 썼다. 다음으로 선생님은 우리를 브라우닝 소네트에서 셰익스피어의 소네트로 이끌었다. 셰익스피어의 소네트는 어려웠다. 브라우닝이 간결하고 대체로 알기 쉽게 썼다면, 셰익스피어는 아주 완곡하게 에둘러 표현했다. 다만 에둘러 표현했으면 하는 부분에서는 절대 그렇지 않았다. 소네트를 읽는 것만도 어려워서 다들 불평인데, 셰익스피어 관련 참고문헌까지 공부를 해야 했다. 셰익스피어는 얼마나 말을 능란하게 다루고 생각이 다층적인지 정신을 바짝 차려야만 했다. 나도 셰익스피어 식으로 시를 몇 편 써 보았지만 곧바로 브라우닝 식으로 돌아왔다.

그해 크리스마스에 핀리 선생님이 셰익스피어 비극과 희극 문고

판을 몇 권 선물해 줬다. 크리스마스가 점차 다가오면서, 아빠는 드디어 우울증을 털어 버리는 것 같았다. 월급날에는 엄마와 셋이 다 함께 자동차를 타고 시내 디비전 스트리트에 가서 누나들에게 줄 선물을 골랐고, 그 사이 아빠는 엄마에게 장난을 치기도 했다. 엄마는 귀찮은 척했지만 사실 깊이 안도하고 있다는 것을 나는 알고 있었다. 그건 나도 마찬가지였다.

크리스마스가 지나고도 수업시간에는 영국 소네트를 계속 배웠다. 반 아이들은 핀리 선생님이 격정적으로 소네트를 읽는 모습이 우습다고 생각했고 나 역시 아이들을 따라 선생님을 비웃었지만, 속으로는 영국 시인이 되고 싶었다. 소네트를 몇 편 더 쓰면서 떠오르는 어디에나 내 시를 바쳤다. '여름비에 부치는 노래', '우거진 플라타너스 나무에 부치는 노래', '교회 첨탑에 부치는 노래' 등으로 작문 공책을 차곡차곡 메워 나갔다.

우리가 본 초상화에서 셸리와 바이런은 물결치는 곱슬머리의 젊고 우아한 백인 청년이었다. 핀리 선생님의 설명으로는 타고난 천재라는 것 같았다. 나는 초상화를 뚫어지게 쳐다보았다. 그러면 보이지 않던 것들이 보일 것 같았지만, 내가 아는 사람들과 닮은 점이 하나도 없다는 사실만 확실해졌다.

전교 조회 시간에는 각 반이 돌아가면서 공연을 해야 했다. 우리 반은 첫 공연으로 일본 연극 〈잃어버린 왕자〉를 올리기로 했다. 일본 전통 연극 '노' 형식으로, 해설자가 줄거리를 설명하는 대신에 배우들은 대사가 없었다. 소도구 담당은 까만색 옷을 입고 무대에서 도구를 이리저리 옮기기로 했는데, 어두운 옷에 강한 조명 덕에 관객들이 착시를 일으켜 관객들 눈에는 보이지 않았다. 〈잃어버린 왕자〉에서 나는 소도구 담당에 겸해 양철 피리를 맡아 일본 전통 음악 비슷하게 분위기를 잡는 역할이었다.

우리는 가장 뛰어난 아이들이 모인 반이었고, 아이들 모두 자신들이 똑똑하다는 사실을 잘 알고 있었다. 선생님은 우리가 기대대로 뛰어난 어린 학자들처럼 행동하기를 바랐지만 그러지 못했다. 우리 반은 언제 어디서나 돌출 행동을 해 학교 역사상 벌칙을 가장 많이 받은 반이 되었다. 예행연습 때도 무대에서 제자리를 찾지 못하고, 선생님이 보기에는 전혀 웃기지 않은 농담을 애드리브라며 던졌다. 공연 당일에 선생님은 정말로 울 뻔했다. 선생님으로서는 이국 문화를 조심스레 접목시켰다고 생각한 연극을 우리가 아주 우습게 연출했던 것이다. 하지만 우리 반이 사고뭉치란 걸 알고 있던 교장 선생님은, 연극을 아주 마음에 들어 했다. 우리는 앙코르 요청을 받아 두 번이나 더 공연했다.

3학년 학기 중에 어느 고등학교로 진학할지 결정해야 했는데 이미 마음을 정한 아이는 에디 노턴뿐이었다. 형이 스타이베선트 고등학교에 진학해 있었기 때문이다. 나와 친한 에릭을 포함하여 우리 반 농구팀 다섯 명은 모두 스타이베선트 고등학교에 시험을 쳤고 다 함께 합격했다.

두 번째 공연 때는 전적으로 핀리 선생님의 의견을 따라 〈늙은 수부의 노래〉를 했다. 반 전체가 시를 외우고 하나씩 배역을 맡았다. 방과 후에 무용 학원을 다니는 로베르토 렘보가 안무를 맡았다.

콜리지가 쓴 시 덕분에 나는 새로운 글쓰기를 알게 되었다. 〈늙은 수부의 노래〉는 이제껏 읽은 시처럼 우아하지도 않았고, 셸리나 바이런의 시어처럼 솟구치는 느낌도 없어, 그저 누군가에게 이야기하듯 구성한 시였다. 나는 시 한편이 얼마나 다양한 의미를 지닐 수 있는지 배우고 있었다. 몇 년 후, 콜리지가 묘사한 바다와 비슷한 북극해를 항해하면서는 놀라울 뿐이었다. 콜리지가 일부러 환상적인 느낌으로 썼다고 생각했던 여러 표현은 실제 자연 현상을 정확하게 묘사한 것이었다.

핀리 선생님은 내가 미안한 마음으로 기억하는 몇 안 되는 선생님이다. 선생님은 우리가 받아들이고 싶었던 것보다 훨씬 더 많은 것을 가르쳐 주려 했다. 학기가 끝날 즈음, 핀리 선생님은 우리 반 모두가 얼마나 머리가 좋은지, 그 좋은 머리로 뭔가 하는 것이 왜 우리 의무인지를 다시 한 번 일깨워 줬다. 학교에서는 똑똑한 학생들로 구성한 특수반을 시범 운영해 본 결과, 상당히 부정적인 결론을 내렸다고 했다. 우리는 주어진 기회를 하찮게 생각했을 뿐 아니라 학교를 조롱했다. 최소한 그렇게 보였지만 그래도 특과반 학생 모두가 깨달은 것이 있다고 생각한다. 우리는 타고난 똑똑한 머리를 원하는 방향으로 쓸 수 있다는 사실을 알았다.

글쓰기와 독서에 점점 더 빠져들면서 부모님과는 더 멀어졌다. 시를 쓰고 나서 엄마 아빠에게 몇 편 보여 주기도 했다. 엄마는 잘 썼다면서 무슨 뜻인지 설명해 달라고 했고, 아빠도 내 시를 아주 좋아하더라고 전해 주었다. 나는 아빠의 다정한 목소리로 직접 감상을 듣고 싶었는데 실망스러웠다. 나는 아빠가 글을 읽을 줄 모른다는 사실을 몰랐다.

외톨이

미국에서 가난의 의미가 달라진 시기는 1960년대 말에 들어서
였다. 공장이 수입품을 들여오기 시작함에 따라 나라에 '상품'이
쌓이면서다. 그 이전에는 잘 사느냐 못 사느냐의 기준이 개인이 얼
마나 편안하게 큰 곤란 없이 사는지 여부였던 것 같다. 음식을 살
돈이 없거나, 집이나 입을 옷이 없으면 못 사는 거였다. 우리 집도
아빠가 단순 노동자라 가진 것이 많지는 않았지만, 배를 주린 적은
없었다. 이웃의 다른 친구들도 비슷해서, 굶주린 아이들이 있는 곳
으로 보낼 통조림 식품 모으기에도 기꺼이 동참했다.

우리는 가족 모두가 보장받는 장례 보험에 들어 있었다. 게다가
집주인 리처드 아저씨와 사이가 좋았기 때문에, 아저씨는 집세가

한 주쯤 밀려도 개의치 않았다. 매년 부모님은 하우스홀드 파이낸스라는 회사에서 크리스마스 연휴에 쓸 돈을 빌렸다. 그렇게 빌린 돈에 아빠 회사에서 나오는 크리스마스 상여금을 합쳐 연휴를 즐겁게 보내고, 빌린 돈은 다음 해에 걸쳐 매주 조금씩 갚았다. 크리스마스는 우리에게 무척 중요했기 때문에 한 번 풍요롭기 위해서 일 년을 아껴 살아도 그다지 힘들지 않았다. 엄마는 내가 아주 어렸을 때부터 '네가 철자에 맞게 글을 쓰게 되면' 필요한 것들을 사겠다는 말을 입에 달고 살았다. 그런데 아빠가 삼촌의 죽음으로 비탄에 잠겨 있던 동안에는 지출이 거의 없었기 때문에 빌린 돈을 빨리 갚을 수 있었고, 우리 가족은 말 그대로 '철자에 맞는' 상황으로 다가선 듯했다. 하지만 할렘의 보통 가정들처럼 우리 집 역시 생각하지 못한 지출을 감당할 형편은 아니었다.

1951년 여름, 생각하지 못한 지출은 두 가지였다. 첫 번째는 나였다. 그때까지 내 삶은 학교와 독서, 농구였다. 학교는 무상 교육이고 도서관에서 책을 빌려 읽으면 되니까 독서에도 돈이 들지 않았으며, 농구도 할렘에서는 운동화와 상대만 있으면 할 수 있었다. 그런데 나는 한창 크는 십 대답게 식욕이 왕성했고 키도 180센티미터가 넘었다. 아빠보다 머리 한 개쯤 큰 키다 보니, 덩치가 큰 남자 옷만 입을 수 있었다. 중학교 졸업식 때는 정장을 마련하기 위해 돈을 빌려야 했다. 집에는 고등학교 교복을 맞춰 줄 돈이 없었고, 열다섯 살짜리가 할 수 있는 일은 그다지 많지 않았다. 주말이면 A&P 마트로 달려가 아줌마들 짐 꾸러미를 운반하고, 이웃의 잡다한 일을 해 주고 돈을 벌기도 했다. 그런데 그렇게 번 돈으로 에릭이나 미키 형과 함께 영화관에 갔다.

그해 여름 두 번째 예상치 못한 지출은 할아버지였다. 볼티모어의 복지 부서에서 연락이 왔는데 할아버지 눈이 거의 보이지 않게 되어 생활 보조금 대상자에 들었다고 알려 주었다. 그런데 할아버지에게는 일을 하는 아들이 있기 때문에, 아주 적은 액수밖에 못 받는다는 이야기였다. 할아버지에게 정기적으로 생활비를 보내거나 할아버지를 집으로 모셔 와야 했다. 아빠는 할아버지를 모셔와 함께 사는 쪽으로 결정했다.

윌리엄 딘 할아버지는 키가 크고 아주 고지식했다. 1951년보다는 19세기에 더 어울릴 것 같은 생활방식을 고수하는 사람이었다. 할아버지의 아버지는 버지니아 주에서 태어난 노예였는데, 나중에는 노예 감독관 자리까지 올랐다. 그리고 남북전쟁이 끝난 뒤에도 노예 출신 관리자로 농장에 남았다. 그의 아들인 윌리엄 할아버지는 젊은 나이에 볼티모어로 이주했고, 이일저일 전전하다가 마차 사업으로 말 여러 필과 마차 여러 대를 소유한 사업체의 사장이 되었다. 신식 트럭이 마차를 대신하는 상황은 결단코 오지 않으리라 판단한 것은 참 할아버지다웠다.

모닝사이드 애비뉴 81번지에 도착한 할아버지는 건강해 보였지만 눈은 예외였다. 안경을 쓰고 있었는데, 한쪽 알이 불투명한 하얀색이었다. 안경을 벗으면 한쪽 눈동자가 완전히 탁해져 있는 것이 보였다. 다른 쪽 눈으로 조금 보인다고 했지만 거동이 자유롭지는 않았다. 법적인 의미뿐만 아니라 실제로도 할아버지는 장님이었다. 엄마가 절대로 안 된다고 나섰지만 할아버지는 내 방을 쓰기로 했다. 아빠는 우리가 할아버지를 존경한다면, 조금이라도 큰 방을 내드려야 한다고 생각했기 때문이다. 우리는 할아버지를 '할배'라고 불렀는데, 엄마를 가장 괴롭힌 문제는 할배가 방에 둔 오물통이라 이름 붙인 요강이었다. 할배는 볼티모어에서 실내 화장실이 없는 집에서 살았고, 방에 요강을 두고 오줌이 모이면 외부 화장실에 가져다 버렸던 것이다. 할배는 우리 집에 와서도 방에서 요강을 쓰고 밖에다 비웠다.

바닥에서 천장까지 광적으로 청소하는 엄마로서는 미칠 노릇이었다. 게다가 할배는 평생 여자를 아랫사람으로 부리는 데 익숙했는데, 엄마는 여자였던 것이다. 두 사람 사이에 소리 없는 전쟁이 발발했다. 지금 생각하면 나는 당연히 엄마 편을 들어야 했고, 엄마는 나에게 속마음을 털어놓았어야 했다. 그렇지만 나는 이미 많이 커서 여러 면에서 엄마와 멀어져 있었고, 우리의 대화는 점점 겉돌기만 했다. 나는 자신이 누군지를 찾는 데 몰두해 있어서 그것만으로도 벅찰 시기였다.

할배는 성경 이야기를 즐겨 말했다. 특히 내가 청중일 때가 많았는데, 우리 집 작은 주방에 앉아 연극하듯 이야기를 들려주고는

했다. 주로 나나 엄마가 지나는 말로 한 이야기에서 할아버지의 이
야기가 시작되었다. 운이 나쁘다는 말을 무심결에 했다가는 고통
을 받으면서도 하나님을 원망하지 않았다는 욥 이야기가 펼쳐졌
다. 할배가 말하면 성경 속 이야기는 강렬하게 살아났다. 킹 제임
스 성경의 언어는 강렬하면서도 아름다웠고 조금 두렵기도 했다.
할배의 성경 공연에는 '하나님께서 곧 벌하러 오신다!'라는 분위
기가 있었다. 당시 하나님과 나의 관계는 미약한 수준이었다. 엘리
자베스 브라우닝의 시처럼 '세상을 떠난 모든 성인들'은 사라지지
도 완전히 길을 잃지도 않았다. 다만 어느 순간부터 그런 생각을
하고 있었다. 나에게는 하나님이 의도한 완전한 존재가 될 능력이
이미 있으니까, 다른 것을 더 달라고 바랄 필요가 전혀 없을 것 같
았다.

　할배가 뉴욕에 오면서 나는 엄마가 새로 꾸며 준 큰 방을 내놓
고 작고 좁은 방으로 옮겼다. 그 방의 유일한 장점은 문이 잠긴다
는 점이었다. 아빠가 작은 책장을 하나 만들어 주었는데 거절하지
못하고 받았지만, 기쁘지 않았다.

　스타이베선트 고등학교는 마음에 드는 점이 하나도 없었다. 우
선 남학교라는 사실을 입학해서 알았다. 중학교 때 과학 선생님을
좋아했기 때문에 스타이베선트가 과학 과목을 중시하는 것은 큰
문제가 아니었다. 그런데 그 기준이 얼마나 높은지 몰랐을 뿐 아니
라, 내가 과학을 못하리라고는 생각하지 못했다. 학교 건물은 낡은

데다 시내 맨 아래쪽에 박혀 있어서 할렘에서 등교하려면 한 시간 남짓 걸렸다. 친구들은 내가 성적 우수 학교에 합격했으니 대단하다며 분명 똑똑한 것 같다고 추켜세웠다. 나는 한번 두고 보겠다는 심정이었다.

스타이베선트의 1학년 시간표에 따라, 나는 아침 아홉 시에 등교하고 오후 다섯 시 반에 하교했다. 학교에 오래 있다 보니 친구들과 어울릴 시간이 없어졌다. 아침에 한가한 사람은 에릭뿐이었지만, 숙제가 엄청나게 많았기 때문에 우리는 함께 숙제를 해야 했다.

그것도 모자라 집안 분위기도 위태위태했다. 돌이켜 생각하면, 우리 가족은 저마다 행복하지 않은 상황에 갇혀 있었다. 할배는 아들 집에 사는 것을 좋아하지 않았다. 아빠는 부담을 원치 않았고 그것이 엄마와의 관계에 영향을 미쳤으며, 엄마는 아빠가 생존이 달린 경제 문제에 무능해 자신의 삶이 정체되는 것 같아 못 견디고 있었다. 아빠가 뭘 더 할 수 있었을지는 모르겠다. 다만 그때 내가 가난을 다 아빠 탓으로 돌렸던 것을 생각하면 욕지기가 올라온다. 내가 하는 짓을 깨닫지 못했다는 생각에 더더욱 그렇다.

나는 누군가를 만나기를 꿈꾸었다. 남자아이든 여자아이든 나처럼 몰래 책을 읽고, 나처럼 혼자라고 느끼며, 나와 만나서 친구가 되기를 바라는 누군가를 만나고 싶었다. 함께 있으면 머리가 좋다는 이유로도, 시를 좋아한다는 이유로도 부끄러움을 느끼지 않아도 될 것이다. 스타이베선트에는 뉴욕에서도 첫 손에 꼽을 만큼 머리가 좋은 아이들이 우글거렸지만, 점점 내성적이 된 성격 탓에 친해지기가 어려웠다. 나도 교복 스웨터나 재킷처럼 우리 학교 소속이라는 상징이 붙은 것을 죽도록 가지고 싶었다. 하지만 겨우 먹고 살 만했던 우리 형편으로는 꿈도 꿀 수 없었다.

엄마는 걸쭉한 스튜나 만두나 쌀을 곁들인 요리를 주로 했다. 그리고 종종 디저트 만드는 것을 돕게 했다. 밀가루 반죽에 과일을 넣어 돌돌 만 다음, 천으로 단단히 싸서 한번 데친 뒤 천을 벗겨 낸 위에 곱게 간 설탕을 뿌려 구웠는데 정말 맛있었다. 어쩌다 돈이 좀 생기면 특별히 영국식이나 독일식 소시지에 양배추 초절임을 곁들인 요리, 또는 소시지에 감자와 양배추를 곁들인 요리를 했다. 하루는 엄마가 마카로니에 치즈를 얹어 구운 맥앤치즈를 만들자, 할배는 백인 하층민들이나 먹는 치즈를 한 번도 먹어 본 적이 없다며 역정을 냈다. 할배 말에 엄마는 굉장히 상처를 받았지만, 결국 치즈가 들어간 티가 나지 않는 조리법을 몇 시간에 걸쳐 생각해 냈다. 할아버지는 자신이 뭘 먹는지 전혀 눈치채지 못했다.

나의 1학년 성적은 처참했다. 그전까지는 공부를 해야 할 필요가 전혀 없었기 때문에 고등학교라고 해서 특별히 공부를 해야 한다고 생각하지 못했던 것이다. 시간이 날 때면 그저 방에 앉아 책만 읽었을 뿐이다. 가끔 표지판을 따라 길을 걷다 보면 불행한 파멸이 기다릴 때가 있다. 언뜻 보기에는 평범한 길 같아서 미소를 지으며 기꺼이 발걸음을 옮겼는데, 끝에는 '깊은 지옥'의 아가리가 입을 벌리고 있었다. 나의 길에는 내셔널리그에서 승승장구하는 브루클린다저스가 있었다. 그해 나는 도대체 왜 브루클린다저스에 그토록 열광했을까. 브루클린다저스가 시합에서 승리하면, 나도 승리한 것 같았다. 한번은 비올라 누나가 나에게 패배를 인정하려 들지 않는다고도 했다. 나는 패배를 인정하지 않는 것이 아니었다. 내 세상에는 오로지 승리하거나 존재하지 않거나 두 가지 가능성만 있었다. 내가 응원하는 팀이 지면 화가 치밀어 올랐다. 죽을힘을 다해 뛴 것 같지 않은 선수들과 싸움을 벌이고 평생을 지고 갈 듯 원한을 품었다. 스타이베선트에서 첫 해를 시작하면서, 나는 온 희망과 꿈을 모조리 브루클린다저스에 쏟아부었다.

브루클린다저스는 최고의 팀이었다. 피위 리스, 조지 슈바, 듀크 스나이디, 돈 뉴컴, 재키 로빈슨, 칼 홀리오, 렉스 바니, 랠프 브랑카, 길 호지스, 빌리 콕스. 선수들은 뜨거운 여름날에 온몸을 던져 도전자를 물리쳤고, 뛰어난 재능으로 대담하게 승리를 이어 나갔다. 그리고 9월에 무너져 내렸다. 브루클린다저스는 중요한 시합에서 승리를 못했고 자이언츠가 치고 올라왔다. 정규 시즌이 막을 내릴 시점이 다가오면서, 자이언츠는 선두였던 브루클린다저스와의 격차를 점차 좁혔다. 시즌이 끝났다. 자이언츠는 결국 브루클린다저스를 따라잡았다. 그 시즌이, 아니 사실상 내 삶이 그 중요한 시합으로 결정되었다.

나는 할 만큼 했다. 그 고통에 다시 내 삶을 던질 필요는 없었다. 브루클린다저스는 졌다. 바비 톰슨은 랠프 브랑카를 상대로 홈런을 치면서 그해 내셔널리그 우승기를 가져갔다. 내가 브루클린다저스의 우승을 그토록 바라던 그해에 말이다. 브롱크스 출신 아이들은 학기 내내 들떠 있었다. 나는 풀이 죽어 집으로 돌아왔다. 풀이 죽기는 엄마도 마찬가지였지만, 나를 위로하려고 애썼다.

브란츠 선생님의 국어 시간에는 단편 소설을 쓰고 찰스 디킨스의 《두 도시 이야기》를 읽었다. 그 책을 읽으면서 얼마나 머리가 아팠는지. 찰스 디킨스는 두 마디로 할 수 있는 이야기도 이백 마디로 바꿔 말했다. 그래도 국어 시간에 단편 소설을 쓰는 것은 좋았다. 조금 더 길게 쓴 소설은 반 아이들도 마음에 들어 했다. 나는 혁명이 끝나고 국외로 도피하려는 프랑스 귀족 여자를 주인공으로 한 모험 소설을 썼다. 당연히 주인공은 중간에 강제 징집되도록 썼다. 주인공은 프랑스 해군으로 복무하다가 결국 여자라는 사실이 밝혀지지만 간신히 목숨을 건져 탈출할 뻔하는데…… 그런데……그런데…… 반 아이들은 열광했다.

스타이베선트에서도 여전히 말하기 교정 수업은 받아야 했지만, 출석하지 않아도 아무도 신경 쓰지 않는다는 사실을 곧 알아차리고 그냥 결석했다. 또다시 남들은 내 말을 알아듣느라 진땀을 흘렸고, 내 귀만큼은 또렷이 내 말을 들었다.

오후 늦게까지 잡아 두는 스타이베선트의 시간표도 내 처지를 외롭게 만드는 데 한몫했다. 오전 수업과 함께 방과 후 수업도 들을 수 있었지만 듣지 않았다. 주말에는 뭐라도 하고 싶었지만 돈이 없었다. 그냥 글을 쓰고 책을 읽으며 시간을 보냈다. 글은 그저 혼자 재미로 썼지만, 그해 〈라이프〉지에서 주최한 '영화화되었으면 하는 소설' 공모전에 쓴 에세이만은 예외였다. 그때 막 읽기를 마친 《노인과 바다》를 골랐다. 소설 자체가 너무 과도하게 극적이라 그렇게 좋진 않았지만 헤밍웨이가 글을 쓰는 방식이 좋았고, 바다를 배경으로 한 장면이 커다란 화면에 잘 어울릴 것 같았다.

미키 형은 실업계 직물 고등학교에 진학했는데, 남녀공학이었다. 형과는 거의 못 만났지만 어느 날인가 한 번, 하굣길에 125번가에서 걸어오는 형을 우연히 만났다. 함께 모닝사이드 애비뉴를 걷는 중에 갑자기 여자 비명소리가 들렸다.

"내 지갑! 지 놈이 내 지갑을 가져갔어요!"

고함을 지르는 여자가 가리키는 쪽에는 누군가 121번가를 향해 도망치고 있었다.

미키 형이 주저 없이 뒤를 쫓아, 120번 가와 맨해튼 애비뉴가 만나는 부근에서 놈을 잡았다. 근처를 지나던 경찰이 지갑을 주워 여자에게 돌려주었다. 소매치기를 한 남자아이는 악명 높은 지역 갱단의 일원이었다.

형도 나도 지역 갱단에 대해 별로 알지 못했다. 가끔 싸우고 있는 갱들이 보였지만, 평상시에는 그냥 어슬렁거리거나 기껏해야 지갑이나 훔치는 정도였다. 가지고 다니는 무기는 주로 각목이나 짧은 쇠사슬이었고, 가끔씩 칼을 쓸 때도 있었다.

그렇게 1학년도 마침내 끝이 났다. 다음 해에는 더 잘하겠다는 다짐을 하면서 성적표는 그냥 버렸다. 집안 상황은 점점 더 나빠졌다. 에릭과는 여전히 친했지만, 나는 우리의 우정이 점점 더 불안했다. 우리는 한창 여자와의 데이트에 열을 올릴 때였고 최소한 파티를 좋아할 나이였다. 그렇지만 흑인인 나는 에릭이 초대받는 파티에서 환영받지 못할 것이 분명했다. 인종주의가 우리 우정 뒤에 배경처럼 서 있었고, 나는 흑인이라는 이유로 거절당하는 당혹스러운 상황은 겪고 싶지 않았다. 살면서 처음으로, 내 삶의 아주 중요한 부분으로서 인종 문제를 감당해야 할 것이라는 사실과 마주했다.

부모님은 당장 내 눈앞에 닥친 인종 문제에 어떻게 대처해야 한다고 미리 알려 주지 않았다. 할아버지 쪽이 북미 원주민이며 할머니 쪽이 독일계인 엄마는 흑인들의 주장에 공감했다. 외할머니도 원주민과 결혼한 이후로 가족들에게 외면당했기에 엄마는 잔혹한 노예제 아래 있었던 일들을 듣고 나에게 전해 주었을 뿐 아니라, 북미 원주민이 당한 대량 학살에 대해서도 많이 알았다. 텔레비전에서 서부극 〈론레인저〉가 방영되었을 때도, 엄마는 인디언인 톤토 역을 맡은 제이 실버힐스만 아니었으면 보지 않았을 것이다.

인종에 관해 아빠가 해 준 충고는 간단했다. "백인들은 너에게 아무것도 주지 않을 거고, 흑인들은 너에게 줄 것이 아무것도 없을 거다. 삶에서 뭔가를 얻어 내고 싶다면 네가 스스로 구해야 한다."

그것이 인종 간의 관계에 대해 양아버지가 해 준 상담이었다. 사실 스스로 알아서 가져야 한다는 것은 아빠가 무슨 일에든 하는 충고였다. 아빠는 늘 두 가지 목록을 가지고 있어야 한다고 했다. 하나는 원하는 것을 적은 목록이고, 다른 하나는 가지기 위해 노력하고 싶은 것을 적은 목록이었다. 흑인과 백인이 분리된 볼티모어에서 자란 아빠로서는 아들이 백인과 소통하는 법을 배워야 한다고는 상상하지 못했다. 흑인은 항상 방어적인 태도로 살아야 한다는 사실을 직면해야 한다는 것도.

실제로, 1951년 내 삶에서 가치 있는 인물은 모두 백인이었다. 흑인 농학자인 조지 워싱턴 카버를 제외하면, 학교에서 배운 작가들을 비롯해 내가 중요하게 생각하고 존경한 인물은 모두 백인 남자였다. 그들이 남자, 그것도 백인 남자라는 것은 문제가 되지 않았다. 내게 문제는 백인이라는 점 자체가 가치를 부여받는 데 너무도 중요하게 작용하는 듯 보인다는 것이었다. 이전부터 어렴풋하게나마 믿었던, 선하고 현명하게 살면 인종 개념을 뛰어넘을 수 있다는 생각은 틀렸다. 나는 사회의 어디에, 어떻게 낄 수 있을지 알 수가 없었다. 애초에 나를 좋아하지 않는 사회에.

멀어지는 대학

열여섯 살이 되었고, 스타이베선트에서는 2학년이 시작되었으며, 나는 방황하고 있었다. 어디로 가고 있는지 알 수 없었고, 원래어디로 가야 했는지조차 알 수 없었다. 학기가 시작되자 반 아이들은 어느 대학교로 진학할지 이야기했다. 교실 분위기는 살짝 들떠있었다. 우리 반에는 예일 대학교에서 개설한 프로그램에 응시한아이들도 있었다. 합격하면 고등학교 3학년은 건너뛸 수 있다고 했다. 앞으로 어떤 일을 할지도 아이들 관심사였다. 나는 미래의 공학자와 물리학자, 의사들에 둘러싸여 학교 연중행사인 '격퇴! 클린턴 고교' 응원전이 시작되기를 기다리고 있었다. 우리 학교는 그날 드위 클린턴 고교 축구부를 격퇴하지 못했지만, 응원전은 아주 재미있었다. 새로 친구가 된 스튜어트 밀러는 나중에 스포츠용품점을 하겠다고 했다. 나는 스튜어트를 학교에서 제일 글을 잘 쓰는 아이로만 생각했었다.

"아르바이트는 내가 구해 줄 수 있어. 나랑 같이 일하자."

고모 집에 갔다가 사촌 조지프를 만났을 때, 조지프는 그렇게 장담했다.

"난 아르바이트 하려면 학교를 통해서 해야 해."

나는 거짓말을 했다. 조지프가 직물 지구에서 일한다는 것을 알고 있었기 때문이다. 혼잡한 거리에서 손수레를 끄는 것이 조지프의 일이었다.

"뭐, 학교에서 별 거 없으면 우리 회사로 와."

조지프는 자기가 일하는 회사 이름을 적어 주었다. 삐뚤삐뚤한 선이 어린아이 글씨 같았다. 나는 쪽지를 받아 주머니에 넣으면서, 자리만 벗어나면 당장 버리겠다고 생각했다.

직물 지구는 한때 뉴욕 시내에서 가장 번화한 지역이었다. 7번 애비뉴를 중심으로 28번가에서 41번가까지 이르는 광대한 부지를 차지하고, 온 미국의 의류를 생산하고 재봉했다. 끊임없이 밀려드는 이민자들이 직물 공장의 일자리를 채웠다. 이민자들은 최저임금 남짓한 돈을 받고 옷감을 자르고 꿰매고 트럭으로 운반했고, 의류는 미국 전역으로 운송되어 나갔다. 엄마도 가끔씩 직물 지구에서 일했고, 제럴딘 누나도 마찬가지였다. 누나는 단추 공장에서 괜찮은 일자리를 얻었다. 여러 염색약을 배합하는 일로, 염색약은 소매업자들의 드레스를 돋보이게 하는 데 쓰였다.

직물 지구에는 안에서 하는 일과 바깥에서 하는 일이 있었다. 안에서 하는 일은 인종을 가리지 않았다. 영어를 조금밖에 못하거나 아예 못해도, 천을 이어 붙이는 기술만 있으면 누구나 할 수 있었다. 사람들은 공장 안으로 밀물처럼 밀려 들어갔다가 밤이 되면 썰물처럼 다시 빠져나왔다. 직물 지구의 한 모서리에 있는 모피 지구는 다른 곳보다 임금이 좋은 편이었다.

바깥에서 하는 일은 산더미같이 쌓은 옷을 신고 혼잡한 거리를 지나거나 자기 키보다 큰 손수레를 미는 일로, 주로 흑인 남자 차지였다. 나중에는 푸에르토리코인 등 여러 히스패닉계 인종도 진출했다. 나는 직물 지구의 아르바이트는 사양하겠다.

스타이베선트 고등학교의 2학년과 3학년은 오전반이 있었다. 아침 여덟 시쯤 등교해서 점심을 먹지 않고 오후 한 시에 하교했다. 방과 후에는 일할 수 있었기 때문에 집이 가난한 아이들은 아르바이트를 하는 경우가 많았다. 집 근처 개인 사무실에서 일한다는 아이도 있고, 23번가의 보험 회사에서 일하는 아이도 있었다. 생활지도 상담실에서 직업을 소개해 준다고 해서 나도 일을 구해 보기로 했다.

나에게 직업은 미지의 대상이었다. 아빠는 '좋은' 직업이란 우체국이나 경찰서에서 하는 일이라고 말했다. 비올라 누나는 롱아일랜드에 있는 전자 공장에서 일했다. 당시에는 어떤 일을 했는지 모르겠고, 내가 더 어렸을 때는 텔레비전 조립을 했었다. 프랭크 매형은 간판을 만들었는데, 폴로 경기장에 설치할 체스터필드 담배 간판을 만드는 작업에도 참여한 적이 있었다. 선수가 공을 치면 간판의 'h'에 조명이 들어오고 실책을 범하면 'e'에 조명이 들어왔다.

내 고모이자 조지프의 엄마인 낸시 고모는 덩치가 큰 여성으로 전에는 로어이스트사이드에서 베이커리를 운영했지만, 당시는 결혼중개업을 하고 있었다. 이민 여성과 미국 남성의 만남을 주선하고 결혼까지 이어 주는 일이었다. 그러면 이민 여성은 미국 시민의 배우자 자격으로 시민권을 신청할 수 있었다. 일이 다 끝나면 당연히 중개 수수료를 받았다. 한번은 사촌인 스털링 형에게 브라질 출신 흑인 여자를 연결했다. 브라질에서 온 형수는 어린데다 예쁘고 성격도 좋아 보였지만, 결혼 생활이 제대로 안 풀리자 갑자기 달라졌다. 사실 브라질 형수는 포르투갈 말밖에 할 줄 몰랐으니까 문제가 생기지 않기가 더 힘들었다. 형은 밖으로 돌기 시작했고 집에 들어가지 않는 날이 많아졌다. 형수는 이스트할렘의 약재상에서 약초와 식물 뿌리 등을 구해서 끓인 다음에, 펄펄 끓는 냄비에 스털링 형의 사진을 넣었다. 형은 곧 목숨이 오락가락할 정도로 앓기 시작했고 결국 아내에게 용서를 빌 수밖에 없었다. 형수는 일 년을 못 채우고 브라질로 떠났다. 미국으로 들어왔을 때보다 어느 정도는 현명해졌기를 바랐다. 하지만 단언컨대 통장 잔고는 줄어들었을 것이다.

나는 지원해 둔 교내 아르바이트에는 자리가 없다는 대답을 들었지만, 뉴욕 주 구직 상담소의 주소를 받을 수 있었다. 54번가에 있는 구직 상담소에서는 '프리트잠코츠'라는 회사를 소개했다.

"직물 지구 안에 있는 거다. 찾아갈 수 있겠냐?"

창구 직원은 염려해 주었다.

프리트잠코츠에서는 배송할 직물을 포장하는 일을 하게 되었다. 일을 잘하면 직물에 규격과 가격을 붙이는 가격 발권 기계 사용법을 가르쳐 주겠다고 했다. 작업장에는 이미 흑인이 두 명 있었다. 두 명 중 여자는 나와 함께 포장을 하고, 다른 한 명은 운송 담당으로 포장한 상품을 우체국으로 운반한다고 했다. 월급은 최저임금 남짓이었지만, 나한테는 적당했다. 학교에서 회사까지 걸어서 가고, 시간이 있을 때면 가는 길에 4번 애비뉴를 따라 죽 늘어선 중고 서점에 들렀다.

스타이베선트 고등학교의 설립 목적이자 특기는 학생들을 진학시키는 일이었다. 스타이베선트에서 상위 25퍼센트 안에 들면 상위권 대학 진학을 보장받은 것이나 다름없었다. 상위권 대학 중에 어디에 다니고 싶은지가 문제라면 문제였다. 하지만 1950년대 초였고, 흑인 학생은 선택에 제약이 있었다. 흑인 아이들은 학교 맞은편에 있는 좁은 소다샵에 모여 앉아 갈 수 있는 대학 정보를 교환했다. 남부에 있는 대학 중에는 흑인 학생을 아예 받지 않는 곳도 많았다. 학교 홍보물에는 딱히 명시하지 않았지만, 현실은 그랬다. 상담 선생님이나 다른 교과목 선생님들은 학생을 살짝 불러 어떤 대학교는, 예를 들면 윌리엄메리 대학교는 흑인 학생을 받지 않으니 지원할 필요가 없다고 넌지시 귀띔했다. 유대계 아이들도 남부의 대학에서 거부당할까 봐 걱정이었고, 유대인 입학생 수에 제한을 두는 학교가 있다는 소문에 염려하기도 했다.

'검둥이' 대학은 있었다. 하워드 대학교, 햄프턴 대학교, 모어하우스 대학교, 스펠맨 대학교 등이 그런 대학이다. 그런 대학에서는 완전히 분리된 교육 환경을 제공했다. 기술만 가르치는 것이 아니라 우수한 흑인 학생들을 한곳으로 모음으로써 인종적 자부심을 고취했다. 하지만 인종에 따라 자발적으로 분리된다는 발상은 내가 배운 가치와 전혀 맞지 않았다. 흑인으로 태어난 것과 뛰어난 학생이 되는 것이 무슨 상관일까? 열여섯 살의 내가 여전히 소중하게 가꾸던 이상에는 인종이라는 요소가 없었다. 삶은 단지 제약의 문제인가? 받아들일 수 있는 제약은 받아들이고 피할 수 있는 제약은 피하는?

나는 어느 대학에 지원할지 고민하던 중에 또 다른 문제에 가로막혔다. 스타이베선트 고등학교는 원칙적으로 과학이나 수학에 흥미가 있는 학생에게 맞는 학교였다. 그런데 나는 살면서 무엇을 하고 싶은지 갈피도 못 잡고 있었다. 열 살 때는 그냥 변호사가 되고 싶었다. 왜 변호사가 되겠다고 생각했는지 기억나지 않고, 사실 변호사가 뭐하는 사람인지나 알았을까 싶다. 어떤 파티에서였는데, 모르는 어른들과 이야기를 하게 되었다. 한 아저씨가 커서 뭐가 되고 싶으냐고 물었다.

"변호사가 되고 싶어요."

내가 대답했다.

"변호사는 못 될 거다. 말을 그렇게 해서는 힘들어. 그래도 넌 상당히 똑똑하니까 변호사 사무실 직원으로 일하면서 변호사들을 거들 수는 있겠지."

아저씨가 말했다. 그 짧은 대화 덕분에 나는 법조계 경력을 단념했을 뿐 아니라 말하기 문제를 깊이 의식하게 되었다. 우리 가족과 친하기도 한 그 흑인 아저씨는 내 말하기에 결함이 있다는 사실을 짚어줌으로써 내게 좋은 일을 했다고 생각했을 것이다.

사실 나도 말을 제대로 못하는 것 때문에 살면서 어려운 일이 있으리라는 사실은 알고 있었다. 다른 사람에게 주먹을 날린다고 문제가 해결되지 않는다는 사실도 잘 알았다. 하지만 인생의 초점을 말하기 문제에 맞추고 싶지는 않았다. 말을 잘 못한다면 글을 써서 의사소통을 하면 된다. 입에서 잘 나오지 않은 말은, 희망사항이기는 하지만 나중에 글에서 잘 나올 것이었다.

나는 내 말하기 문제를 끝까지 이해하지 못했다. 내 입에서 나온 말이 내 귀에는 너무나 또렷하게 들렸기 때문이다. 선생님이나 친구들이 조금 더 또렷하게 말해 보라고 할 때면 뭘 어떻게 해야 할지 알 수 없었다. 사람들 앞에서 책을 읽을 때면 특히 힘들었다. 얼마가 지나자 친구들에게 스포츠신문 기사를 읽어 주기조차 무서워졌다. 장이 오그라들 정도로 심하게 긴장한 나머지 아예 글을 읽을 수조차 없을 때가 많았다. 교실 앞에 나가 책을 읽어야 될 경우에는 내용을 통째로 외워서 암송했던 적이 한두 번이 아니었다.

사람들 앞에서 말을 해야 할 가능성이 있는 직업은 모조리 마음속에서 지웠다. 그렇지만 세상은 미숙한 열여섯 살의 나에게 일생을 규정할 결정을 내리라고 말하고 있었다. 어느 대학에 가서, 평생 무슨 일을 하며 살 것인가?

글을 창작하는 일이 직업이 될 수 있다는 생각은 꿈에도 못했다. 이 시를 쓴 사람이, 다시 말해 조지 바이런 경이 돈을 벌려고 시를 썼을까?

그녀는 예쁘게 걸어요, 구름 한 점 없이 / 별 총총한 밤하늘처럼

어둠과 빛 그중 나은 것들이 / 그네 얼굴 그네 눈에서 만나

부드러운 빛으로 무르익어요 / 난한(화려한) 낮에는 보이지 않는

나는 그렇게 생각하지 않았다. 게다가 나는 살아 있는 사람 중에 글을 써서 돈을 버는 사람은 한 사람도 보지 못했다. 신문에서 작가를 다루는 기사 자체도 드물었지만, 기사를 읽어 봐도 어디서 영감을 받았는지, 현재 어떤 작품을 쓰고 있는지만 이야기할 뿐,

돈 이야기는 어디에도 없었다.

그런데 사실 어느 분야를 공부할지보다 중요한 문제가 있었다. 대학에 갈 수 있는 방법이 절박하게 필요했다. 우리 집은 생필품을 사고 나면 남는 돈이 없었다. 나는 학교 홍보물을 보내 달라고 대학에 편지를 보냈다. 홍보 책자가 오면 방으로 가지고 들어가 4년의 학업 계획을 구상했다. 우선 교양과목을 다 듣고 나서 문학과 철학을 전공하기로 했다. 각 학교 홍보물은 서랍에 잘 보관해 두었다가 가끔씩 꺼내서 학교 건물들을 비교했다. 건물이 현대적인 학교가 좋을까, 아니면 고풍스러운 학교가 나을까.

하지만 고등학교 식비와 옷값으로 들어가는 비용도 점점 버거워지는 집안 사정이 내 현실이었다. 수업 후에 일을 해 봐도 철에 맞춰 갈아입을 옷이나 운동 용품을 살 돈이 없었다. 한번은 내가 달리는 모습을 본 선생님이 육상부에 지원하라고 권했다. 나도 지원하고 싶었지만 운동화나 운동복을 살 돈이 없었고, 그걸 인정하기가 수치스러웠다. 내가 육상부에 나타날 일은 처음부터 아예 없었다. 나는 가겠다고 대답하면서도 안 갈 거라는 사실을 알고 있었다. 육상부에 지원할 때 필요한 운동복이나 운동화를 살 돈도 없는데, 대학등록금이 없는 것은 말할 필요도 없었다. 시립 대학도 엄두가 나지 않았다. 전액 장학금 제도가 있다는 말을 들었지만 하늘의 별 따기라고 했다. 대학을 가지 않는다는 것은, 흑인 노동자 대열에 합류할 거라는 뜻이었고, 땀을 뚝뚝 흘리며 뉴욕 거리를 비집고 다닌다는 뜻이었다. 이제까지 배운, 나를 가치 있는 사람으로 만들어 줄 가치를 모조리 다 포기한다는 뜻이었다.

열여섯이 되자 여자아이들한테도 관심이 생겼지만 누군가에게 다가가기에는 내가 너무 별종 같았다. 이미 180센티미터가 훌쩍 넘은 키도 일종의 장애처럼 느껴졌다. 키가 커서 좋기는커녕 남의 눈에 띄지 않기가 불가능하다라고 생각했다. 어차피 데이트할 돈도 없었다.

엄마는 엄마대로 사는 것이 녹록치 않았다. 복권의 일종인 '넘버스'는 할렘의 꿈이자, 아버지가 매주 가져다주는 쥐꼬리만 한 돈을 늘려 줄 유일한 희망이었다. 할렘의 가난한 사람들은 크게 한 탕하겠다는 희망에 1센트도 좋고, 2센트도 좋고, 때로는 몇 달러를 걸기도 했다. 5센트를 걸고 잘 맞으면 27달러를 땄는데, 그건 한 달 치 방세 절반쯤이었다. 1달러가 맞으면 두 달 동안 고되게 일하고 받는 월급만큼 딸 수 있었다. 엄마는 보통 2, 3센트, 가끔씩 5센트를 걸었지만, 크게 따는 경우는 없었다. 그래도 아침마다 신문 연재만화 〈칭차우〉를 읽으면서 그날의 운세를 점쳤다. 만화가 행운의 숫자를 알려 준다고 생각했기 때문이다. 꿈을 꾼 날이면 꿈을 해몽하고 행운의 숫자를 알려 주는 《블랙캣 드림북》을 꺼내 들었다. 하지만 가끔씩 돈을 딴다고 해도 '넘버스'는 기껏해야 하루하루 적자를 면하기 어려운 고된 일상을 잠시 미뤄 주는 데 그쳤다. 할배의 약값도 부담이어서, 우리 가족은 단지 끼니를 굶거나 집에서 쫓겨날 걱정만 없을 뿐이었다. 사정이 정말로 여의치 않으면 아빠는 퇴근 후에 부둣가로 나가 야간작업 일을 몇 주 정도 했다.

어느 날 〈라이프〉 일 년 구독권을 주겠다는 연락이 왔다. 전에 투고한, 영화로 만들고 싶은 책에 관해 쓴 에세이가 채택되었던 것이다. 내 글쓰기 재능을 학교 밖에서도 알아주었다는 사실에 기분이 우쭐했다. 엄마는 기뻐해 주었지만, 아빠는 언제나처럼 알아주지 않았다.

아르바이트 하던 회사에서 일어난 일로 나는 더더욱 막다른 골목으로 몰렸다. 어느 날, 회사에 가보니 방과 후에 일할 사람으로 어떤 백인 아이가 와 있었다. 내가 하던 포장 일을 그 아이가 하고, 가격표 발권 기계 다루는 법도 그 아이가 배울 것이라고 했다.

"넌 힘도 세도 덩치도 좋으니까, 밖에서 손수레 미는 일을 할 수 있잖냐."

주임은 그렇게 말했다. 주임의 말은, 나는 직물 지구 거리에서 짐을 밀고 다니는 무리 중 하나가 될 수 있다는 뜻이었다. 항의를 해보았지만, 손짓 한 번으로 묵살당했다.

이미 다 결정난 일이었다. 운송 담당 흑인 직원이 와서 포장된 상품을 손수레에 실었다. 앞으로 내가 직물 지구에서 밀고 다닐 손수레였다. 그건 나한테 이런 의미였다. 백인 아이에게 발권 작업을 맡긴 이유는 그게 사람들이 백인 아이를 보며 떠올리는 일이기 때문이다. 사람들이 나를 보고 떠올리는 모습은 오로지 단순 노동에만 적합한 수많은 흑인 노동자 중 한 사람이었다. 나는 주임에게 손수레를 우체국으로 끌고 가는 일은 하고 싶지 않다고 말했다. 앞으로 하고 싶어질 거라고, 안 그러면 일자리를 잃게 될 거라는 대답이 돌아왔다. 한 흑인 직원은 내 눈길을 피하며 우체국에 다녀오는 일이 그렇게 나쁘지는 않다고 중얼거렸다. 나는 주임을 한 대 갈겨 버리겠다는 마음뿐이었다. 지금 생각해 보면, 흑인 직원이 그때 내 마음을 읽었던 것 같다. 뭐라고 핑계를 대며 주임과 나 사이로 끼어드는 그 직원을 보며 나는 돌아섰다. 나오는 길에 나는 한없이 작아지는 기분이었다. 내 생각을 제대로 전할 수 없었다는 사실이 무엇보다도 수치스러웠다.

이 일은 내게 상처였다. 나는 그저 책으로만 파고들었다. 린위탕이 쓴 《쾌활한 천재》는 중국의 시인이자 예술가이며 철학자이자 관리였던 소동파의 이야기였다. 이 중국 시인이 시험을 통과하여 관리가 되었다는 점과 관리로 일하는 중에도 시인으로 높이 평가받았다는 점이 특히 마음에 들었다. 인종은 문제가 되지 않았다. 그건 아주 고상한 삶의 방식 같았다.

어쨌든 일을 해야 했기 때문에 다른 일자리를 찾았다. 저렴한 액세서리를 파는 L. 아인슈타인 앤 코라는 회사가 있었는데, 그곳에서 크리스마스 연휴부터 이듬해 봄까지 일했다. 내가 포장하고 장부에 적고 송장을 붙인 액세서리 꾸러미는 전국 각지의 상점으로 나갔다.

나는 당시에는 흑인 작가인 줄 몰랐던 프랭크 여비의 소설《해로의 여우》와 4번 애비뉴 서점 주인에게 받은《고독의 우물》을 읽었다. 두 책 다 섹스와 관련된 부분은 잘 이해하기 힘들었지만,《고독의 우물》에 나오는 여자간의 집착과 갈등은 흥미로웠다.

나는 스스로 던진 많은 질문에 대한 대답으로 문학에 몰두했다. 사서들은 독자를 더 먼 세계까지 데려다준다며 책을 치켜세우곤 했다. 하지만 나에게 책은 하나의 자아를 다른 여러 자아 사이로 숨기는 수단일 때가 더 많았다. 내가 숨겨야 했던 자아는 책을 읽는 나, 시를 좋아하는 나였다. 그 자아만이 진짜 나는 아니지만, 진짜 나를 구성하는 아주 중요한 요소였다. 내 이런 생각을 주변 사람들은 쉽사리 받아들이지 못하는 것 같았다. 사람들은 내가 어떤 사람인지 한눈에 쉽고 단순하게 결정하려고 했다. 나는 덩치가 컸고, 농구를 했고, 싸움을 잘했다. 그런 자질은 많은 사람들에게 내가 교육을 잘 받지 못한 아이라는 뜻이었다. 나에게 흑인이라는 꼬리표를 붙여 분류해 놓고, 그 꼬리표에 자신들이 생각하는 의미를 부여하면 그만이기도 했다. 내가 책을 좋아하는 사람이라고 받아들이는 사람도 있었지만, 그런 경우에는 나라는 존재를 자신들이 받아들인 흑인다움에서 떼어내서 생각했다. 그렇지만 내 삶을 채운 것은 흑인 문화의 본질이었다. 나는 할렘에 살았고, 할렘을 마음속 깊이 사랑했다. 할렘의 교회에 다니고, 할렘의 생기와 공기를 만끽하며 할렘 특유의 에너지가 뿜어내는 매혹적인 리들에 몸을 맡긴 채 자랐다. 그리고 다른 한편에 책이 있었다. 책을 읽으면 작가와 이야기를 나눌 수 있었고, 작가가 질문을 던지면 나는 대답했다. 말로 대답한 것이 아니라 작가의 생각을 이해하고 받아들임으로써 대답했고, 차츰 글로 대답을 대신하기 시작했다.

그러다가 타자기를 사기로 했다. 타자기 앞에 웅크리고 앉은 내 모습이 자연스럽게 그려졌다. 끝도 없이 종이가 밀려나오고 절제된 소설이 완성된다. 아르바이트로 일주일에 14달러를 벌 계획을 세웠다. 매주 생활비에 보태라고 엄마에게 5달러를 주고, 점심값과 학용품값, 교통비를 더해서 4달러를 썼다. 나머지 5달러는 타자기를 사는 데 필요한 45달러가 모일 때까지 엄마에게 맡아 달라고 했다.

타자기를 살 생각으로 일에 몰두하니 대학 생각도 덜어졌다. 가끔 에릭이 주말에 같이 놀자고 전화를 해도, 나는 타자기를 사려면 아르바이트를 해야 한다고 대답했다. 여전히 에릭과 가끔씩 어울렸지만, 우리 우정은 쉽지 않았다. 1952년 4월, 계산대로라면 타자기를 살 돈이 다 모였다. 나는 엄마에게 모은 돈을 달라고 했으나 엄마한테는 돈이 없었다. '넘버스'에 걸었다가 다 잃었던 것이다. 나는 폭발하고 말았다. 상황을 알게 된 아빠 역시 크게 화를 냈다. 엄마가 넘버스에, 간밤의 꿈에 돈을 거는 것이 점점 도를 지나치고 있다는 사실은 아빠도 이미 알고 있었다. 엄마는 하루하루 더 우울해했고 미래가 보이지 않는다고도 했다. 아빠는 열심히 일했지만, 다른 흑인 가정들과 마찬가지로 날이 갈수록 삶은 살아남기 위한 고된 투쟁이었다. 엄마는 술도 많이 마셨다. 나는 그토록 열심히 일했는데 타자기를 가질 수 없다는 사실이 너무 쓰라렸다.

아빠는 자신이 엄마 대신 타자기를 사 주기로 마음먹었다. 같은 회사 사무실 서기로 일하는 직원에게 물어봐서 전당포에서 구식 사무용 로열 타자기를 찾았다. 양옆에 유리판이 달린, 남북전쟁 때나 썼을 법한 타자기였다. 아빠가 타자기를 집으로 가지고 와서 주방 식탁 위에 두었지만 나는 거들떠보지도 않았다. 내가 꿈꾸던 타자기가 아니었을 뿐 아니라 그토록 고되게 일할 가치가 있는 타자기도 아니었다. 몇 달 동안 나는 엄마에게 말을 걸지 않았고, 엄마도 내게 아무 말도 하지 않았다. 지금 생각해 보면 엄마는 나에게 상처를 주었다는 사실에 내 상상 이상으로 마음 아파하고 있었다. 엄마는 술을 더 많이 마시기 시작했다.

5월이 다 되어서야 나는 아빠가 사온 타자기를 내 작은 방에 들여놓았다. 그리고 '이 타자기가 싫다'라는 문장을 수도 없이 친 다음, 사방 벽에 붙여 놓았다.

학교생활 역시 예상대로 엉망진창이었기 때문에, 나는 학교를 그만 나가기로 했다. 학교에서는 집으로 가정 통신문을 보냈지만, 나는 원치 않던 타자기로 사유서를 쳐서 엄마 서명을 대신 한 다음 학교로 보냈다.

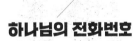

하나님의 전화번호

"몇 살이지?"

생활 지도 신생님은 짐짓 떡떡한 목소리로 물었다.

"열여섯 살인데요."

"열여섯? 열여섯 살이라고?"

선생님은 그 나이에 아직도 스타이베선트 상담실에 불려 다니는 것이 놀랍다는 듯 대꾸했다. 그리고 설교를 이어 갔다.

"열여섯이면 학교생활에 스스로 책임을 져야 한다는 것 정도는 알아야 해. 혹시 전학 가고 싶은가?"

"아니요."

나는 목소리를 누르며 대답했다.

"마이어스 군, 이제는 정신을 차릴 때야. 한시라도 빨리 차리는 것이 좋을 거고. 앞으로 졸업 때까지 지각이나 결석 따윈 하지 않을 거라고 생각하겠어."

"네, 선생님."

"그런데 하루 종일 혼자 뭐하니?"

"뭐 안 하는데요."

내가 대답했다. 선생님 목소리가 왠지 조금 상냥해져서 놀랐다.

"뭐 안 했어요."

나는 삼 주 동안 학교 밖에서 맴돌았다. 매일 아침 일찍 집에서 나와 지하철로 걸어갔다. 오늘만큼은 꼭 학교에 가겠다는 생각이 들 때도 있었지만 지하철이 59번가 역에 닿으면 나도 모르게 내려 센트럴파크로 향하고 있었다. 같은 작품을 서로 다르게 번역한 부분을 비교하는 데 재미를 붙여서, 그런 부분을 찾아내며 시간을 보냈다. 책에 따라 언어나 표현에 조금씩 차이가 있었고 그걸 확인하는 데 심취했다.

"하루 종일 혼자 뭐하니?"

가끔씩 주머니에 돈이 있는 날이면 42번가에 영화를 보러 갔다. 42번가의 아폴로 극장에서는 외화를 상영했다. 그 극장에서 고리키의 작품을 원작으로 한 〈밑바닥으로〉를 보았고, 〈춘희〉의 그레타 가르보와 사랑에 빠졌다.

"하루 종일 혼자 뭐하니?"

가끔은 리버사이드 드라이브로 가서 우중충한 허드슨강을 멍하니 바라봤다. 습작 공책을 들고 나가서 어두운 내용의 시를 쓰기도 했지만, 보통은 나중에 찢어 버렸다. 시에는 언제나 나, 그저 나, 아무리 해도 모자라다는 듯 내 이야기뿐이었다.

"자, 그럼."

상담 선생님이 말을 이었다. '이제 할 이야기는 다 끝났다.'는 마음이 목소리에 실려 있었다.

"선생님은 마이어스 군이 아주 잘 해낼 거라고 믿어. 이제 2학기하고 마지막 학년만 잘 참고 다니면 돼. 담임 선생님한테 들러서 잘 왔다고 말씀드리고 반에 가렴."

나는 고개를 끄덕이고 책을 챙긴 다음, 그 길로 학교 밖으로 나섰다. 수년이 흐른 후, 〈페리스의 해방〉이란 영화를 봤다. 주인공 페리스는 제도를 유쾌하게 조롱하며 반항한다. 학교에서는 전교생이 페리스의 한 수 아래고, 부모님도 마찬가지다. 학교에 안 간 날에는 친구들과 한바탕 놀 돈도 충분하다. 페리스의 일탈은 일종의 승리였다. 그렇지만 나는 반항하고 싶은 것이 아니었다. 도망치고 있는 바로 그 제도에 속하고 싶은데, 어떻게 하면 들어갈 수 있는지 알 수가 없었다.

학교에서 보낸 학기말 성적표를 보고 나는 조금 놀랐다. 출석을 거의 안 한 과목도 낙제가 아니었기 때문이다. 학교에서는 나를 구제할 방법을 찾다가 기말고사를 본 과목은 그냥 넘어가 주었다. 내

년에는 잘하겠다고 다시 한 번 마음을 먹었다.

여름이 왔다. 〈암스테르담 뉴스〉에서는 브루클린다저스의 승률을 점쳤다. 이번에도 패배한다면 메이저리그의 흑인 선수들에게 큰 타격이 될 것이라는 논평이었다. 브루클린다저스는 리그 팀 중에 흑인 선수가 가장 많았고, 뉴욕양키스에는 거의 없었다. 브루클린다저스에 우승할 저력이 있다는 신념은 당초에 사라지고 없었지만, 그래도 나는 여전히 다저스를 사랑했다.

여름에는 농구를 거의 하지 않았지만 뉴욕 시 북부의 시립 대학에서 열린 코치 토너먼트에 참가할 수 있었다. 나날이 우울해지던 터라 시합에도 영향이 있었다. 더 이상 나 자신을 믿을 수 없었다.

나는 팔십 킬로그램이 채 안 나가는 호리호리한 체격에 발도 빨라 가드로 뛰기에 적합했지만, 토너먼트 참가 선수들이 너무 뛰어났다. 필라델피아에서 온 선수도 여럿 있었는데 월트 체임벌린도 그중 하나였다. 농구를 하는 학생들은 중요한 시합 일정을 미리 알고 있었기 때문에, 토너먼트에는 뉴욕에서 한다하는 선수들은 모두 참가했다. 코치와 스카우터들도 미국 전역에서 몰려들었다. 미국 프로농구 리그에는 흑인 선수들이 몇몇 활동하고 있었지만, 많지는 않았다. 다들 대학에서 뛸 선수를 찾으려고 열심이었다. 나는 시합 내내 거의 사이드라인에 앉아서 대기하다가 잠깐 출전하기도 했지만, 다른 선수들 기량이 월등히 뛰어나다는 사실만 확인했다. 나는 눈 깜짝할 사이에 따라잡혔고, 정신을 차려 보니 체임벌린 뒤에 서 있었다. 체임벌린이 뒷걸음질 치자 엉덩이가 내 가슴께에 닿았다. 공이 페인트존으로 날아들자 막아서 보았지만, 체임벌린은 나 같은 건 상관없다는 듯 뛰어올랐다.

그래도 농구로 장학금을 받을 수 있다는 이야기가 들렸기 때문에, 다시 농구에 관심을 가져 보기로 했다. 그해 여름에는 몇 년간 했던 중 가장 열심히 연습했고, 그러다 보니 시합에서 내 약점이 보였다. 아니면 원래 내가 자신을 볼 때 장점을 일찍 보고, 몇 년 후에야 약점을 보기 시작하는지도 몰랐다. 농구팀 코치인 패티 선생님은 내가 골대 밑에서 처음에는 좋은데 그 이후가 문제라고 했다.

"우선 수비수를 제쳐 위치를 선점하고, 그다음에는 수비수가 다시 들어오지 못하게 강하게 버텨야 한단 말이다."

패티 선생님이 말했다.

나는 매일 아침, 운동장에 나가 강하게 버티는 연습을 했다.

여느 때처럼 농구 연습을 가던 길에 프랭크를 처음 만났다. 이른 시간이라 매일 나와 노는 꼬마 떼거리도 없어 공원은 한산했다. 첫 번째 코트로 가고 있는데, 멀리 마지막 코트 쪽에서 여럿이 싸우는 모습이 보였다. 셋이서 하나를 둘러싸고 있었다. 셋은 차례대로 돌아가며 중앙에 있는 녀석을 패고 있었다. 맞는 녀석은 한눈에 봐도 싸움을 잘할 것 같지 않았다. 나는 가까이 다가갔다. 때리는 놈들 중 하나는 쇠사슬을 들었고, 나머지 둘은 주먹으로 때리고 있었다. 다들 내 나이거나 한 살 정도 많을까 싶었다.

사실 내가 상관할 일이 아니었는데 왠지 모르게 신경이 쓰였다. 꽤 가까운 거리까지 가서 놈들 사이로 끼어들자, 얼굴이 아작 나기 전에 꺼지라는 소리가 들렸다. 나는 그 말을 한 녀석의 얼굴을 세게 후려갈겼다. 체인을 든 놈이었는데 무릎이 꺾이며 바닥으로 고꾸라졌다. 중앙에서 맞고 있던 녀석이 잠깐 멈칫하더니 나머지 두 놈 중 하나에게 사납게 덤벼들었다. 때리던 녀석들은 삽시간에 도망쳐 코트를 둘러싼 펜스를 타넘었다. 그리고 코트 바깥 잔디밭에서 한참 동안 온갖 위협을 쏟아내더니 사라져 버렸다.

중앙에서 맞던 녀석이 고맙다고 인사하기에 왜 싸웠냐고 물었다. 키가 180센티미터 남짓한 녀석이었다. 얼룩덜룩한 밝은색 피부에 머리색은 연한 갈색이었는데, 더 연한 한 갈래가 이마 부근에 있었다. 커다란 두 눈은 언저리가 벌겋게 보였다. 녀석 말로는 셋이서 돈을 뺏으려다가 돈이 한 푼도 없는 걸 알고 그렇게 때렸다고 했다. 그리고 자기 이름은 프랭크 홀이라고 했고, 나도 내 이름을 말해 주었다. 우리는 함께 공원 밖으로 나왔다. 프랭크는 도와줘서 고맙다고 다시 한 번 말했다.

"그런데 넌 싸우는 게 아무렇지 않냐?"

나는 어깨를 으쓱했다.

'아니, 안 좋아해.'

그렇지만 내 안의 무언가는 싸움이라는 것에 끌렸다. 삼대일의 싸움이라든가, 상대가 체인을 들었다든가, 그런 것은 중요하지 않았다. 싸울 때 느낌이 중요했다. 싸움을 시작하면 나를 집어삼킬 것 같던 무력감이 느껴지지 않았다. 나는 특별한 삶의 일부가 되고 싶었다. 삶에는 사고와 사람이 있어야 했고 사람은 사고를 받아들여 힘이라는 형태로 만들어야 했다. 그런데 내가 하루하루 고립되어 갈수록, 그런 삶은 점점 멀어지는 것 같았다. 마치 내가 내 존재라는 대로에서 한쪽으로 비켜서 있는 느낌이었다. 쇼윈도 너머로 좋은 삶이 보이는데 들어가는 문을 찾을 수 없었다. 유리창을 깨면 환영은 못 받지만 적어도 내가 거기 있다는 것은 알릴 수 있었다.

프랭크가 가지고 있는 돈 절반을 주겠다고 나섰지만, 거절했다. 프랭크는 116번가 근처에 산다고 했다. 프랭크와 나는 우리 집 앞까지 함께 와서 잘 가라고 인사하고 헤어졌다.

집에는 엄마와 데일리 아줌마와 루이즈 아줌마가 주방에서 맥주를 마시고 있었다. 엄마는 꼬부라진 목소리로 진에게 가서 인사하라고 했다. 루이즈 아줌마의 손녀인 진이 거실에 있었다. 나는 또래 여자애지만 전혀 친해지고 싶지 않은 진에게 인사를 하고 방에 들어가 침대에 가로누워 라디오를 들었다. 방금 전에 공원에서 있었던 일을 생각해 보니, 쇠사슬을 들고 있던 자식을 때려 준 것이 마음에 들었다.

진에 대해서도 생각해 보았다. 진이 마음에 들지는 않지만, 그래도 진은 여자고, 여자는 내 관심사였다. 아는 형들이 여자나 섹스에 대해서 이야기하는 것을 들을 때면, 이야기 내용보다 이야기하는 방식이 재미있었다. 형들은 섹스가 인생 최대의 사건이자 최우선 순위로 생각해야 할 일이라도 되는 듯 말했다. 나는 실제로 해본 적이 없었기 때문에 에릭한테 배운, 혹은 내가 배웠다고 생각하는 내용 말고는 섹스에 대해 아는 것이 전혀 없었다. 하지만 농구 코트 구석에서 서성대는 녀석들이 보여 주는 만큼 지대한 관심이 나에게는 없다는 사실을 알고 있었다. 또한 성정체성이란 개념을 속속들이 알지는 못해도 동성애와 '게이'라는 별칭에는 모종의 관계가 있다는 사실은 이해하고 있었다. 게이하면 주로 떠올리는 특성은 호들갑스럽게 이야기하고 시를 읊으며 클래식 음악을 듣는 것이었다. 특히 흑인 지역사회에서는 그랬다. 그렇기 때문에 이성적으로야 책을 즐겨 읽고 글을 즐겨 쓴다고 해서 내가 동성애자가 된다고 생각하지는 않았지만, 그래도 점점 더 내 진짜 관심사를 숨기게 되었다.

내가 어린아이였을 때 흑인 사회의 구심점은 교회였다. 그래서 나라는 사람의 많은 부분도 '그리스도의 교회'에서 배운 것들이다. 나의 생각은, 다시 말해 내 철학의 뿌리는 신학 성서였다. 나는 세상이 공명정대하다고 믿었고, 하나님이 직접 굽어 살펴서 선하고 순수한 마음은 보상받는다고 생각했다. 그런데 세상일이 내가 믿었던 방식대로 돌아가지 않는다는 것을 알게 되자, 어떻게 대

응해야 할지 알 수 없었다. 하나님이 실제로 굽어보는지 궁금했고, 하나님을 향한 믿음과 더불어 종교에도 역시 실망하게 될지 알고 싶었다. 이런 의문을 로빈슨 목사님에게 장문의 편지로 털어놓았다. 두 주 후 받은 답장에는 목사님도 가끔씩 의문이 들 때가 있는데, 모든 것을 믿음에 맡기고 헤쳐 나간다고 적혀 있었다.

알고 싶은 대답은 그게 아니었다. 목사님한테 하나님의 전화번호를 받고 싶었다. 그래서 직접 하나님에게 정확한 대답을 듣고 싶었다. 수화기 너머에서 대답하는 커다란 목소리를 듣고 싶었다. "그래, 나다, 하나님이다. 너는 지금 아주 잘하고 있다. 결국에는 끝내 줄 것이니 아무 걱정 마라."

그해 여름에 무정부주의자인 엠마 골드만의 전기를 읽었다. 책은 아주 마음에 들었다. 사건이 대부분 내게 친숙한 뉴욕 지역에서 벌어졌기 때문이다. 특히 무정부주의 단체에 들어가고자 했으나 거부당했던 레온 츨고츠라는 인물이 흥미로웠다. 엠마 골드만에 따르면 레온 츨고츠는 입단할 구실을 찾는 문제 많은 젊은 청년이었다. 레온은 뉴욕 무정부주의자들에게 거부당한 후, 자신을 증명하는 방법으로 맥킨리 대통령 암살을 택했다.

"내가 대통령을 죽인 것은 국민을 사랑하기 때문이다."

전기는 레온 츨고츠의 이 말을 인용했다. 내 생각에는 나도 레온 츨고츠처럼 아웃사이더였다. 나도 나를 어딘가에 '소속'시켜 줄 영웅적인 일을 하고 싶었다. 같은 이유로 내 친구 몇몇은 갱단에 소속되었다.

수업시간에 《붉은 무공 훈장》이라는 책을 읽고, 여름방학 동안 남북 전쟁사를 다룬 브루스 캐턴의 책을 읽었다. 난생 처음 맞닥뜨린 논픽션 역사책은 아주 흥미진진했다. 나는 여전히 인종이라는 주제를 파악하려고 애쓰고 있었는데, 읽고 들은 내용은 모두 부정적이었다. 흑인은 오랜 시간 노예였다. 흑인은 린치를 당했고, 흑인은 이 식당 저 식당에 들어갈 수 없었다. 흑인을 좋게 말하는 출판물이 거의 없고, 있다면 오로지 흑인이 출간하는 신문뿐이었다. 〈암스테르담 뉴스〉에는 좋은 일로 성공한 흑인 이야기가 실리고, 그렇지 않은 이야기도 실렸다. 새로운 미장원이 문을 열었다, 마약상인 일명 '범피' 존슨이 재판에서 졌다, 시인 랭스턴 휴즈가 파티를 열었다 등등.

미키 형과 7번 애비뉴를 함께 걷다가 피부가 검은 남자가 백인 기자들에게 둘러싸여 인터뷰하는 모습을 본 적이 있었다. 가까이 가보니 남자는 흑인 작가인 랭스턴 휴즈였다. 형과 나는 랭스턴 휴즈가 말하는 것을 들었는데 거리에서 만나는 평범한 흑인 아저씨와 별다를 것이 없었다. 평범한 사람과 구별되는 특별한 요소는 하나도 없었으며 유머는 점잖고 진지했다. 실망이었다. 나는 '작가'를 떠올리면 교과서 속의 초상이 떠올랐는데 랭스턴 휴즈는 전혀 비슷하지 않았다. 또 하나 인정할 수 없던 사실은, 나 역시도 초상과 전혀 비슷하지 않았다는 것이다. 수년이 흘러 랭스턴 휴즈를 다시 만났지만, 그보다 더 오랜 시간이 흐른 후에야 우리가 어떤 공통점이 있는지, 어떤 아픔을 공유하는지 깨달았다. 나는 휴즈에게 나도 작가라고 말하지 않았는데, 말했다면 좋았을 것이다.

그리고 역시 처음으로, 라디오에서 딜런 토머스가 말하는 것을 들었다. 딜런 토머스가 낭독한 자작시 중에는 〈하얀 거인의 허벅지에서〉, 〈나의 서른 번째 해, 하늘 향해〉도 있었다. 딜런 토머스가 웨스트사이드에 있는 '화이트호스'라는 술집에 자주 나타난다는 소문이 들렸다. 나는 조금이라도 더 나이가 들어 보이는 파란 스포츠 재킷을 차려입고 술집으로 향했다. 술집은 맥주를 마시는 사람들로 북적였는데, 최소한 스물 살이거나 아니면 더 나이 들어 보이는 백인들뿐이었다. 내가 콜라를 주문하자 내 나이를 모를 만큼 숙맥은 아닌 바텐더가 나가라고 했다. 바에 앉아 있던 턱수염 난 아저씨에게 딜런 토머스가 왔었냐고 물었더니 이미 취해서 실려 나갔다고 했다.

이야기를 해준 아저씨는 딜런 토머스 때문에 밥맛이 떨어졌다는 표정이었지만, 나는 그 광경을 상상하자 가슴이 뛰었다. 시를 쓰고 낭독하는 작가가 술에 취해 실려 나갔다는 것은 근사하리만치 낭만적이었다.

나도 근사하리만치 낭만적인 일을 하고 싶었다. 속으로 생각해둔 작가다운 일들을 실제로 하고 싶었다. 딜런 토머스가 가냘픈 천상의 목소리와 가끔씩은 이해할 수도 없는 시로 나의 이상적인 작가다움을 실현했다면, 랭스턴 휴즈는 평범한 사람들과 일상적인 할렘 이야기를 씀으로써 내 이상을 실현하지 않았다.

"너는 무슨 이야기를 쓸 거야?"

9월이 되어 새로운 각오를 다지며 스타이베선트로 돌아갔을 때 한 아이가 물었다.

"네 시로 뭘 하려는 거야?"

나는 뭔가를 하고 싶은 것이 아니었다. 나는 누군가가 되려 하고 있었다. 살면서 좋은 것이라고 배운 덕목을 지닌 능력 있는 사람, 그런 사람이 되고 싶었다. 악한 사람의 마음을 움직이고, 아름다운 여인이 빠져드는 시를 쓰는 사람이 되고 싶었다. 열정적으로 글을 쓰는 사람이 되고 싶었다. 누구라도 불의에서 빠져나와 산상수훈의 말씀에 따라 살게 할 수 있는 열정으로. 시를 쓰고, 술집을 가득 메운 수줍은 표정의 독자들 앞에서 그 시를 읽어 주고, 만취한 상태로 고꾸라져 영화배우의 침대로 실려 가고 싶었다.

9월이 되어 다시 학교로 돌아가기로 결심했을 때, 나는 결의에 찬 표정으로 등교했다. 그 마음 그대로 학교에 다닐 생각이었다. 그 결심은 삼 주간 효력을 발휘했고, 나는 다시 학교 밖을 배회하기 시작했다.

될 대로 돼라

학교생활은 재난에 가까웠다. 화학 시간에는 간단한 화학식조차 이해할 수 없었다. 수학 시간에는 쉬운 문제도 수수께끼처럼 느껴졌다. 학기 초에 치른 쪽지 시험에서도 전 과목을 망쳤다. 다시 한 번 상담실에 불려 가서, 딱딱한 의자에 앉아 새로운 지도 선생님이 하나하나 지적하는 내 문제점을 들었다. 선생님은 내가 스타이베선트 고교에서 무엇을 얻어 가고 싶은지, 눈앞에 주어진 기회에 감사하는지 아닌지를 묻는 여러 가지 질문을 적절하게 던졌다.

"지금 네 성적으로 이 출석률은 말도 안 된단 말이다!"

그 말이 결론이었다. 선생님은 책상에 놓인 서류를 그러모으면서 말을 마쳤다. 그리고 정확히 뭐가 문제냐고 물었다.

'내가 자신을 싫어하는 것이, 아까 선생님이 말한 온갖 이유로 내 자신을 마음에 들어 하지 않는 것이 안 보여요? 선생님은 상상하지도 못할 만큼 내 인생에 실망한 것이 안 보이냐고요? 이 학교는 그저 잘난 학생들한테만 관심이 있는데, 난 그런 학생이 아닌 게 안 보여요?'

나는 속으로 이렇게 외치고 있었다.

선생님은 앞으로 정신 똑바로 차리고 학교에 다니지 않으면 큰일 날 줄 알라는 경고로 상담을 마무리했다. 나는 다시 한 번, 상담실에서 나오는 길로 교문 밖으로 나섰다.

국어 시간이 없었다면, 15번가로 다시 돌아가지 않았을 것이다. 짙은 머리색의 열정적인 여자 선생님은 문예부도 함께 담당했다.

"앞으로 여러분이 쓴 글을 내가 읽게 하려면, 먼저 내가 추천하는 필독서를 다 읽어야 할 거야."

선생님은 첫 시간에 그렇게 못 박았다.

선생님은 우리 한 사람 한 사람과 면담을 했다. 십 분 정도 되는 면담에서 지금 우리가 어떤 책을 읽고 있는지, 지난해에는 어떤 책을 읽었는지, 읽고 나서 무슨 생각을 했는지 물었다. 선생님은 우리가 쓴 글도 몇 편 가지고 있었다. 나에게는 글이 참 좋다며, 읽어 보면 좋을 책을 네 권 적어 주었다. 아나톨 프랑스의 《펭귄의 섬》과 토마스 만의 《부덴브로크가의 사람들》, 오노레 드 발자크의 《고리오 영감》, 알베르 카뮈의 《이방인》이었다.

1953년 가을, 열일곱의 나는 될 대로 돼라는 심정으로 3학년을 시작했다. 학교에서는 합격통지서나 장학금 지급 소식을 기다리는 아이들이 많았다. 이미 2학년 성적으로 지원했기 때문에 대학이 정해진 경우도 많았다. 나는 여러 군데 합격했다고 거짓말을 할 때도 있고 아직 어디에 지원할지 잘 모르겠다고 둘러댈 때도 있었지만, 보통은 질문 자체를 피했다. 출석을 안 하면 되는 문제였다.

그때까지는 책을 읽으면서도 독서가 글을 쓰는 과정에 어떤 연관이 있는지 깊이 생각해 보지 않았다. 가끔씩 수박 겉핥기식으로 작가들을 분석해 보기는 했다. 아주 어렸을 때는 작가의 문체를 그대로 베끼는 식이었다. 조금 더 커서는 내가 그 작가가 되었다고 상상해 보았다. 그런데 새로운 국어 선생님은 나에게 두 개의 세계를 탐험해 보라고 했다. 내가 쓰는 글이라는 세계와 내가 읽은 책이라는 세계를 탐험하고 그 두 세계를 연결하는 유사점이 있는지 찾아보라고 했다. 먼저《펭귄의 섬》을 읽기 시작했다.

《펭귄의 섬》이 마음에 들면 좋겠다고 생각했다. 선생님이 추천한 책이 내 마음에 들면 좋겠다는 생각이었다.《펭귄의 섬》은 펭귄 무리가 서식하는 섬 이야기였다. 앞이 잘 보이지 않는 신부가 펭귄을 인간으로 착각하여 세례를 준다. 그리고 세례는 오직 인간만이 받으니까, 펭귄도 인간이 되도록 결정된다. 이처럼 순수하게 작가가 창조한 세계는 문학적으로라면 얼마든지 유린할 수 있었다.

나한테 가장 인상적이었던 대목은 결국 오르브로즈의 성녀 서

품식이 치러졌다는 것이다. 오르브로즈는 살아생전 지독한 인간이었는데, 죽어서는 명성이 높아지고 역사가들이 진실을 조작하여 실제와는 정반대의 인물이 된다. 그렇게 결국 성녀가 되고, 그녀의 유골은 성스러운 유물로 추앙받는다.

나 자신의 신앙에도 여러 가지로 의심이 많이 들 때였기 때문에 굳이 이런 아나톨 프랑스의 해석은 필요하지 않았다. 내 신앙의 바탕에도 이렇게 복잡하게 얽힌 내막이 있을까?《펭귄의 섬》은 좋지 않은 시기에 읽었지만, 어떻게 보면 좋은 시기에 읽었다고도 할 수 있었다. 작가가 글의 주제에 접근하는 방식이 아주 명확했기 때문이다. 이 책에서는 고전 문학의 틀 즉, 위기의 순간을 맞닥뜨린 등장인물들의 상호작용이 중요하지 않았다. 저자의 관점을 폭넓게 보여 주는 것이 더 중요했다. 나는 글쓰기를, 책을 그런 방식으로 생각해 본 적이 없었다.

선생님은 내가《펭귄의 섬》을 읽고 제출한 감상문을 돌려주었다. 그리고 글에서 잘못된 부분을 상세히 지적해 주고 책에 나오는 모든 구절을 좋아해야 책을 감상할 수 있는 것은 아니라는 사실을 일깨워 주었다.

3학년이 되기 전에는 마구잡이로 책을 읽었다. 하지만 만화책은 여전히 많이 읽었고, 성적인 내용을 적어도 한 부분 이상 보장하는 삼류 소설은 점점 더 많이 읽었다. 자극적인 내용이 많은 어스킨 콜드웰의《신의 작은 땅》은 한 달에 한 번씩, 전체는 아니더라도 최소한 특정 부분은 꼭 읽었다. 우연히 에밀 졸라의 《나나》라는 소설의 낡은 판본도 구했다. 《나나》는 고전 명작이라고 하던데 나는 오로지 야한 부분에만 관심이 갔다. 만약 정말로 고전 명작이라면 내가 다른 부분은 다 놓친 것이 분명하다. 이전에는 정말로 좋은 책을 꾸준히 읽은 시기가 없었다. 조지 브루스 도서관 분관에서 아나톨 프랑스의 《실베스트르 보나르의 범죄》를 빌려 와서 《부덴브로크가의 사람들》와 동시에 읽었다. 또다시 학교에는 가지 않고 있었기 때문에 책 읽을 시간은 충분했다. 주로 센트럴파크나 리버사이드파크에서 읽었고, 가끔은 79번가가 끝나는 부근에 있는 선착장에도 갔다.

《부덴브로크가의 사람들》은 압도적이었다. 문체가 아주 정확하면서도 깔끔했다. 줄거리 역시 사실적으로 전개되어, 《펭귄의 섬》처럼 작위적 설정은 찾아볼 수 없었다. 하지만 책에 압도된 가장 큰 이유는 토마스 만의 글을 내가 쓴 글과 비교했기 때문이다. 그전까지는 글이라는 결과물이 경쟁력을 갖추어야 한다고 한 번도 생각해 본 적이 없는데, 엄밀히 말하면 글도 그래야 했다. 토마스 만의 글이 있는데 사람들이 왜 굳이 내 글을 읽어야 하는가? 고전 명작이 넘치고, 그 명작들은 내가 이제껏 써낸 글 중 가장 잘 쓴 것보다 나은데 왜 굳이 내 글을 읽어야 하는가?

《부덴브로크가의 사람들》이 왜 좋은지 길게 감상문을 쓰면서, 최선을 다해 단점 목록도 작성했다. 그리고 이 작품을 쓸 때 토마스 만이 몇 살이었는지 조사해서 스무 살은 넘었다는 사실도 알아냈다. 나와 비교하면 아주 많은 나이니까 토마스 만하고는 비교하지 않아도 될 것 같았다.《부덴브로크가의 사람들》은 또 다른 세계를 경험하게 해 주었다. 내가 알던 환경과는 전혀 다른 세계였다. 예술과 가업을 잇는 것이 충돌하는 내용이 특히 인상 깊었다. 그렇지만 책은 나의 세계를 말하고 있지 않았다. 할렘과도, 내가 실제로 아는 어떤 사람과도 상관없는 세계였다. 문학이라는 거대한 왕국은 여전히 나라는 존재와는 동떨어져 있었고, 오로지 시시한 길로만 이어진 내 인생의 교차로를 상기시킬 뿐이었다. 언제라도 좋은 책을 읽을 수 있으며, 그러다 보면 언젠가는 스스로 좋은 책을 찾아낼 수 있다고는 확신할 수 있었지만, 나 자신이 좋은 책을 쓸 수 있을지는 확신할 수 없었다.

다음으로 발자크의《고리오 영감》과 흑인 소설가 앤 페트리의《거리》를 같이 읽었다. 앤 페트리의 소설은 야할 것 같아서 빌려 왔는데 책은 괜찮았지만,《고리오 영감》에 비하면 별로였다.

나는 선생님의 추천 도서 목록을 따라 책의 세상을 모험하면서 다시 글을 쓰기 시작했다. 나에게 맞는 세계를 세울 수 있다는 희망을 품고, 나의 글을 종이에 써 내려가기 시작했다. 글을 써 내려가는 것은 글쓰기 과정의 일부일 뿐이었다. 쓴 글을 다시 확인하고, 내 상상 속에서 날개를 달고 펼친 이야기들을 독자들도 이해할 수 있을지 평가하는 과정이 따랐다. 열일곱의 나는 내가 무슨 말을 하고 있는지 모를 때도 있었다. 독자를 누구로 해야 할지 감을 잡을 수도 없었다. 같이 농구하는 흑인 아이들을 염두에 두고 글을 써야 할까? 아닐 것 같았다. 어딘가에 있는 것 같지만 결코 경험해 보지 못한 백인 세계를 염두에 두고 글을 써야 할까? 쓴다면 그 글이 받아들여질까?

1953년 가을, 나는 피부색이나 사회적 지위 같은 건 상관없이 나 같은 사람들을 공감하는 의미가 담긴 이야기를 쓰고 싶었다. 그 이야기는 내 상상 속 한 점에서 출발하여 모두가 만족하고 도덕적으로 합리적인 결말에 이르는 짧은 여정이 될 것이었다. 또 나 자신의 불안이 만드는 미로를, 그리고 그 미로를 안전하게 통과할 수 있는 길을 종이에 적고 싶었다.

그러는 사이에 내 글은 하루하루 점점 더 이해할 수 없어졌다. 쓰기를 마치고 몇 시간만 지나도 무슨 말인지 알 수 없었다. 조각은 모두 있는데, 퍼즐을 맞출 수가 없었다. 내가 내 글을 감당하지 못하고 있다는 것이 느껴졌다. 발자크의 《고리오 영감》을 읽기 시작했다.

아나톨 프랑스의 글에 새로운 발상과 재치가 번득였고 토마스 만의 글이 잘 짜인 구성과 인물과 날카로운 문체로 돋보였다면, 오노레 드 발자크의 글은 오로지 인물이었다. 소설은 은퇴한 제면업자 고리오 영감에 관한 이야기로, 고리오 영감은 버릇없고 낭비벽이 심한 두 딸을 뒷바라지하는 데에 여생을 바치다가 결국 흥청망

청 사는 딸들의 뒤를 봐주느라 남은 재산마저 모두 탕진한다. 그런데도 딸들은 고마워하는 기색도 없이 냉담하기만 하다. 아버지가 죽어도 장례식에 참석하지도 않는다. 고리오 영감은 그 어떤 비참한 취급에도 평생 지녀 온 집착을 버리지 않았다. 나는 나 자신이 책에서 본 고리오 영감이라고 생각했다. 들어갈 수 없던 세계의 가장자리에서 아등바등하고 있었다. 그 즉시 발자크처럼 글을 쓰고 싶다고 생각했다.

나는 펜으로 글을 쓰는 내 모습을 상상했다. 긴 펜대의 옛날식 펜이 검은 잉크를 푹 찍고, 새하얀 종이를 거침없이 가로지르고 있었다. 그 모습에 타자기로 거침없이 이야기를 써 내려가는 모습은 자리를 내줄 뻔했다. 아빠가 사다 준 구식 로열 타자기는 무사했다. 내 타자 속도가 무척 빠르기도 했고, 아무리 공을 들여 써도 내 글씨는 알아보기 힘든 악필이었기 때문이기도 했다.

프랑스어는 제일 어려운 과목이었다. 프랑스어라는 언어 자체가 어려웠다기보다는 내가 마치 상상으로 글을 쓰듯 여러 구절을 가져와 이어 붙이고, 쓰라고 한 주제와는 동떨어진 글을 쓰기 때문이었던 것 같다. 게다가 자리에 서서 말을 해야 할 때면 입도 뗄 수 없었다.

"너 지금 내 말이 들리기는 하니?"

빨간 머리 프랑스어 선생님은 답답하다는 듯 묻곤 했다.

물론 들렸다. 그렇지만 모국어로도 안 나오는 말이 프랑스어로 나올 수는 없었다. 프랑스어를 배우고 싶었던 건 발자크 소설 속의 대화를 프랑스어로 읽고 싶었기 때문이다. 대화에서 느껴지는 운율은 번역문으로 읽어도 완벽했다. 발자크에게 얼마나 심취했는지 나는 상상 속에서 그에게 타자기를 선물했다. 그와 공통점을 가지고 싶었다.

가끔씩 프랭크 홀이 집으로 찾아왔다. 프랭크는 우리 집이 참 끝내준다고 했다. 알고 보니 프랭크는 길거리나 모닝사이드파크에서 노숙을 하고 있었다. 엄마는 한눈에 프랭크를 마음에 들어 하지 않았다. 아마도 그 눈 때문이었을 것이다. 프랭크의 눈은 사나워 보였고, 눈자위에는 늘 붉게 멍이 들어 있었다. 프랭크는 그 눈으로 사람을 빤히 쳐다보았다. 머리는 군데군데 탈색된 회색빛 금발이었다. 흑인처럼 보이지만 흑인이 아닌 것도 같고, 차분해 보이지만 불안하고 위험해 보이기도 했다. 나는 책을 읽을 때면 등장인물의 이미지를 실물로 상상해 보는데, 여윈 체구에 뭔가에 굶주린 것 같은 프랭크는 《줄리어스 시저》에 나오는 카시우스였다.

엄마는 내가 프랭크와 어울려 새벽 한두 시까지 노는 것을 못 마땅해했다. 엄마가 뭐하고 노느냐고 물으면 나는 그냥 이야기한다고 대답했으며, 사실이 그랬다. 프랭크는 가끔씩 맥주나 '하프앤하프'라는 싸구려 와인 음료를 마시기도 했다. 흥이 오르면 아빠가 가르쳐 주었다는 노래를 부르기도 했다. 내가 꾸준히 만나는 사람은 프랭크뿐이었고, 프랭크를 만나지 않을 때면 책을 읽었다.

시내에 나갈 돈이 없으면 공원으로 가서 나무에 올라갔다. 나무에 앉아서 책을 읽으며 몇 시간이고 보낼 수 있었다. 나무 아래서 돌아가는 세상이 진짜인 척하는 것처럼 나무 위의 나도 그런 척했다.

좋은 책을 많이, 꾸준히 읽으면서 내 생활도 뭔가 달라졌다. 원래 나는 정신적으로든 신체적으로든 아무것도 안하는 것을 못 견뎠다. 조금이라도 빈 공간이 생기면 메우지 않고서는 견딜 수 없었는데, 책이 그 빈틈을 메우고 있었다. 책을 읽고 있으면 머릿속에 요란하게 울리는 경고도, 꾸짖음도 끊겼다. 그건 지금 어디로 가고 있냐는 상담 선생님의 목소리였다. 맑은 날에는 센트럴파크에 앉아서 책을 읽고, 비 오는 날에는 영화관에서 영화를 봤다. 집에 들어오는 길에 매일매일 우편함을 확인해서 학교에서 보낸 가정 통신문은 가로챘다. 답장을 써야 할 것이 있으면 쓰고, 아닌 것은 그냥 버렸다. 꽤 오랫동안 그렇게 잘 넘겼는데, 어느 날 아침, 엄마가 방문을 두드렸다.

나는 벌써 일어나서 옷을 갈아입고 공책을 챙기는 중이었다.

"금방 나가요."

나는 방문에 대고 큰소리로 말했다.

초가을이어서 집안은 썰렁했다. 엄마는 예열한 오븐을 열어 좁은 주방을 데워 놓았다. 나는 토스트가 놓여 있는 식탁 한쪽 끝에 앉았다. 엄마는 평상시와 달리 외출복 차림이었다.

"오늘 어디 가요?"

내가 물었다.

"너희 학교에 같이 가려고."

엄마는 딱 잘라 대답했다.

아, 학교에 얼마나 오래 안 갔더라? 기억을 더듬어 보았다. 분명 몇 주는 넘었다. 어떻게 된 영문인지는 몰라도 아무튼 엄마가 알았고, 나는 엄마와 함께 스타이베선트로 가서 뿌린 씨앗을 거두어야 했다. 엄마는 소리를 지르지도, 어떻게 된 일인지 설명하라고 윽박지르지도 않았다. 그냥 나와 함께 학교에 가겠다고 했다. 그럼 좋다.

우리는 묵묵히 붐비는 지하철 A노선 열차에 올랐다. 엄마는 한 번도 스타이베선트에 가본 적이 없기 때문에, 못 미더운 눈치로 14번가 역에서 환승했다. 14번가 역과 8번 애비뉴 역이 교차하는 환승역에서 1번 애비뉴 역까지 가는 L노선 차량은 오래되어 덜컹거렸다. 그날 아침에는 등에 외발 남자가 그려진 빨강과 파랑 스타이베선트 재킷을 입은 남학생들로 붐볐다. 여전히 말이 없는 엄마를 보며 무슨 생각을 하고 있는지 궁금했다. 나는 그냥 엄마만 가라고 할까 생각해 보았지만, 그러면 어차피 나중에 머리가 아플 것이 틀림없었다. 우리는 함께 학생 상담실로 들어갔다.

"월터 군, 그간 어떻게 지냈지?"

전에 상담한 적이 있는 선생님이 내게 인사했다.

"잘 지냈어요."

나는 어깨를 으쓱하며 대답했다.

그간 내가 학교로 보냈던 통신문들이 모조리 다 나와 있었다. 엄마는 내가 감쪽같이 위조한 자신의 서명을 보며 몹시 놀랐다. 엄마는 내가 거의 한 달이나 결석한 사실을 전혀 몰랐다. 엄마가 안쪽 개인 상담실로 불려간 사이에 나는 밖에 앉아 있었다. 선생님들이 볼일이 있는지 몇 차례 학생 상담실에 들어왔다 나갔는데 우리 국어 선생님도 그중 하나였다. 선생님은 가만히 나를 쳐다보더니 물었다.

"너 무슨 사고 쳤니?"

"그런 것 같은데요."

내가 대답했다.

"상황이 어찌 되든……"

선생님은 속삭이는 목소리로 말을 이었다.

"글은 계속 써라."

기다리고 또 기다리자, 마침내 문이 열리면서 나도 안쪽 상담실로 불려 들어갔다. 성홍열을 앓은 것이 언제냐는 질문이 날아왔다. 성홍열?

나는 여덟 살이 되던 해 여름에 크게 성홍열을 앓은 적이 있는데, 그간 까맣게 잊고 있었다. 이스트사이드에 있는 윌리아드 파커 병원에서 삼 주 정도 병원 신세를 지는 동안 사방이 유리벽인 좁은 방에 쭉 있었다. 삼 주가 지나고 열이 내리자, 병원에서는 나를 정서적으로 장애가 있는 아이들이 있는 병실로 보내서 '정서불안'이 가라앉을 때까지 지켜보자고 했다. 엄마는 거절하고 나를 집으로 데려왔는데 지금 그 이야기가 왜 나왔을까?

"무슨 문제가 있는 건가?"

학사 행정 담당 선생님이 '이 얼마나 차분한 태도인가'라는 표정으로 나에게 물었다.

나는 대답하지 않았다. 이미 엄마가 성홍열을 앓았을 때부터 내가 정서적으로 불안한 아이라고 설명했을 것이 뻔했다. 하지만 나도 오랫동안 결석을 함으로써 스타이베선트 교칙을 어긴 것은 사실이었다. 엄마와 나는 잠시 동안 복도에 앉아 있었다. 상담실 경리가 엄마에게 커피를 한 잔 가져다주었다. 우리는 말없이 기다렸다.

드디어 다시 안으로 들어오라는 선생님 목소리가 들렸다. 나는 뉴욕시 관련 분과의 관리 감독을 받겠다는 데에 동의하는 조건으로 학교에 계속 다닐 수 있다고 했다. 엄마가 그렇게 하겠다고 대답했고, 나는 공식적으로 정서 장애가 있는 아이가 되었다.

이방인

새로운 방향으로 학교의 관심을 끈 덕에, 시청 해당 분과의 담당
자라는 남자를 면담해야 했다. 완고한 인상의 백발 남자가 내 기
록을 살펴보면서 근엄한 목소리로 나에게 문제가 있다고 천명했
다. 내가 빙그레 웃자 남자는 상당히 거슬린다는 표정으로 무단결
석은 전혀 '웃을 문제'가 아님을 분명히 했다. 나도 물론 알고 있었
다. 다만 뭔가 문제가 생길 때마다 그 사실을 내게 알리는 것이야
말로 자기 업무라고 생각하는 사람이 나타난 것이 재미있었을 뿐
이다.

남자는 내가 계속 학교를 빠지면 청소년 교화 시설에 갈 수도 있
다고 했다. 그 사람과 나 사이에 놓인 잔뜩 어질러진 책상 위에 있

는 배지가 남자의 말에 무게를 실어 주었다. 나는 남자가 시키는 대로 이미 명확한 여러 가지 사실에 동의했다. 내 상황이 심각함을 나도 잘 알고 있다든지, 앞으로 남은 기회가 그렇게 많지 않음을 명확히 인지하고 있다든지 등이었다. 이미 2학년 때부터 출석 때문에 경고가 잦았는데, 아직 그 기록은 시청으로 넘어오지 않은 것 같았다.

나를 면담하던 남자는 질문에 머뭇거리는 나를 보고 건방지다고 생각했는지 세상이 만만해 보이냐고 물었다. 나는 아니라고 대답했다. 당연히 아니었다. 면담에서 남자에게 절대로 하지 않은 말이 있는데 내가 무슨 생각을 하고 있는지는 죽어도 들키고 싶지 않았기 때문이다. 내 비참한 처지가 너무나 수치스러웠다. 나는 잠자코 남자의 말을 들었다. 인생을 어떻게 살아야 하는지, 주어진 기회를 어떻게 활용했어야 하는지, 주변 사람들을 모두 곤란하게 만들었다는 데에 얼마나 부끄러워해야 하는지. 나는 고개를 숙이고 두 발끝만 내려다보았다. 자살이라는 단어가 머릿속을 맴돌았다.

자리에서 일어설 쯤에는 배가 꼬이고 있었다. 챔버스 스트리트 역에서 A노선을 타고, 덜컹거리는 열차에 서서 125번가까지 올라갔다. 가지고 갔던 책 한 권을 꺼내 대충 읽었다. 무슨 말인지 머리에 들어오지 않고, 최후에 내 죄를 읊어 대던 목소리만 귓가를 맴돌았다.

그날 밤에 프랭크를 만났다. 엄마에게 일찍 들어가겠다고 약속
했지만 막 지껄일 대화 상대가 필요했다. 프랭크가 도와줄 수 있는
일은 없었지만 어차피 도와줄 수 있는 누가 있는 것도 아니었다.
프랭크와 함께 집 앞 공원 벤치에 앉아 있는 사이에 날이 어둑해
졌다.

나는 이미 프랭크의 사정을 세세하게 알고 있었다. 프랭크의 아
버지는 보드빌 댄서이자 가수로 흑인 엔터테인먼트 시장에서는
상당한 성공을 거두었다. 1940년대에는 백인 시장을 넘나들며 활
동하는 흑인 연예인들이 있었는데, 블루스나 하층 흑인 음악과 크
게 상관이 없는 특기를 가진 경우였다. 노래에서는 밀스 브라더스,
춤으로는 니콜라스 브라더스, 그리고 팻츠 월러가 시장을 넘나들
며 백인과 흑인 문화 양쪽에서 인기를 모았다. 프랭크의 아버지는
뉴욕과 아주 가까운 롱아일랜드의 상당히 부유한 지역에 집을 장
만했다. 프랭크는 아버지가 미국과 유럽 전역에서 순회공연을 하
며 거의 집을 비우는 사이에 엄마와 함께 살았다. 그런대로 잘 지
내던 중에 아버지가 죽었다.

유명 연예인인 흑인의 가정에게 친절했던 롱아일랜드 이웃들은
미망인에게는 그다지 친절하지 않았다. 프랭크는 이웃 아이들에게
흑인이라고 놀림받으며 얻어터지는 날이 많아졌다. 프랭크의 엄마
는 어쩔 수가 없었는지 이웃 아이들의 놀림을 두고만 보았기 때문
에, 프랭크는 될 수 있으면 집안에만 있었다. 상황은 점점 나빠져

결국 끔찍한 사건이 터졌다.

프랭크가 엄마와 함께 버스를 타고 뉴욕에서 롱아일랜드로 돌아오는 길이었다. 잔뜩 술에 취한 엄마가 큰 소리로 떠들자 버스 기사는 내리라고 했다. 프랭크 엄마는 내리지 않겠다고 버텼고, 버스 기사는 밀어서라도 내리게 하려고 했다.

프랭크는 그 후에 일어난 일이 아무것도 기억나지 않는다고 했다. 눈을 떠보니 어느 병원이었고, 침대에 묶여 있었다. 나중에 들은 이야기로는 프랭크가 버스 기사와 승객 두 명을 칼로 찔러 죽였다고 했다. 이 일로 뉴욕 시립 정신 질환자 보호소인 크리드모어에 감금된 것이 열네 살 때였다. 열일곱 살이 되어서야 프랭크 엄마는 프랭크를 빼낼 수 있었다. 엄마는 집을 팔고 아파트로 이사했고 둘이서 한동안 그곳에서 살았다. 그리고 또 사건이 터졌다. 프랭크가 엄마와 함께 파티에 갔을 때였다. 말다툼이 벌어졌고 프랭크는 다시 한 번 정신을 놓았다. 그때는 희생자가 한 사람이었다.

프랭크에게 처음 희생된 사람은 셋 다 백인인 성인이었고, 마지막 희생자는 프랭크 또래 흑인 아이였다. 프랭크는 다시 격리되었고, 또 삼 년이 지난 후에야 프랭크 엄마는 프랭크를 빼낼 수 있었다. 그때 성 요셉 성당 신부님의 감찰을 받는 조건으로 풀려났기 때문에, 프랭크는 모닝사이드 근처에 머물러야 했다.

내가 보기에 프랭크는 지나칠 정도로 온순한 아이였다. 맥주를 아주 많이 마셨는데 그때조차 온순했다. 내가 술을 안 마신다는 사실을 알고는 아예 시작도 안 하게 도와주겠다고 했다. 음주는 나쁜 습관이라고 했는데, 그렇게 나쁘다면서 왜 마시냐는 내 질문에는 기억하고 싶지 않은 일이 너무 많아서라고 대답했다.

"술을 마시면 기억이 안 나냐?"

"아니. 그래도 기억나."

프랭크는 그렇게 대답하며 웃었다.

나도 함께 웃었다. 내가 보기에 프랭크는 자신이 어떤 식으로, 무슨 일을 했는지 기억하고 싶어 했고, 그건 프랭크 인생의 전부였다.

엄마는 여전히 가끔씩 보는데 사실 별로 보고 싶지는 않다고 했다. 만나면 늘 정신을 똑바로 차리라고 잔소리하고 앞으로 뭘 하면서 살지 끊임없이 물어봤기 때문이다. 아버지에 대해서는 별로 기억하지 못해도 그가 부르던 노래는 기억했다. 아버지는 집에 돌아오면 엄마에게 노래를 불러 주곤 했는데, 마지막으로 들은 노래는 '블루벨벳'이었다. 프랭크는 맥주를 거나하게 마신 날이면 아버지가 부르던 노래를 불렀다. 평상시보다 깊은 바리톤 음색으로 부르는 노래는 술기운에 꼬부라진 가사를 타고 캄캄한 공원으로 퍼져나갔다.

시간이 한밤중을 향해 갈 즈음, 도드슨 아줌마가 남편과 함께 맞은편 대로에 나타났다. 아줌마는 공원 벤치에 앉아 있는 나를 발견하고 길을 건너와서는 무슨 일 있냐고 물었다. 나는 아무 일도 없다고 했고 함께 길을 건너가자기에 아니라고 대답했다. 서쪽 할렘의 마녀는 나에게 친절을 베풀려 하고 있었다. 엄마한테 나에 대해 뭔가 전해 들었는지 모른다. 돌아서서 가는 아줌마의 뒷모습을 보면서, 나는 처음으로 호감을 느꼈다.

나는 프랭크에게 낮에 있었던 일을 이야기하며, 청소년 교화 시설에 보낼 수도 있다는 경고를 받았다고 말했다. 프랭크는 상황이 너무 나빠지면 집을 나와서 우리 둘이 같이 살면 된다고 했다. 프랭크는 혼자 지낼 집을 찾고 있었다. 123번가 어디쯤에 사는 남자에게 일거리를 받았다고 했다. 아홉 시에 그 남자 집으로 가서, 물건을 받아 시내 어딘가로 배달할 거라고 했다. 프랭크는 남자를 '쓰레기'라고도 표현했다.

나도 같이 가겠다고 했고, 우리는 함께 그 남자 아파트로 걸어갔다. 늘어선 브라운스톤 건물 중 하나였다. 현관문이 열리고 우리는 어두운 아파트 안으로 들어갔다. 싱크대에 더러운 접시가 쌓여 있고, 쓰레기통에서 넘친 음식물 쓰레기 국물은 바닥까지 흘렀다. 향료에 섞인 땀 냄새가 옆집에서 풍기는 음식 냄새에 또다시 뒤섞였다. 언뜻 봐서는 방이 두 개였는데 하나는 캄캄했지만, 안에서 뭔가 일이 벌어지고 있다는 느낌이 들었다. 우리가 들어간 방에는 여럿이 모여 있었다. 프랭크가 만나러 온 남자는 땅딸막한 체격의 이십 대로, 곱슬머리를 약으로 편 듯한 머리 모양을 하고 있었다. 남자가 나를 보며 누구냐고 묻자 프랭크가 그냥 자기 친구라고 대답했다. 남자는 나를 힐끗 보더니 프랭크에게 앉으라고 했다. 나는 42번가에서 산 이탈리아식 단검을 품고 있었다. 팔꿈치로 주머니를 더듬어 칼이 잘 있는지 확인했다.

남자는 탁자에 놓인 종이 가방에 뭔가를 집어넣었다. 프랭크와 나는 목소리를 낮춰 이야기를 주고받았다. 한쪽 벽에는 남자들이 있었는데, 그중 헤로인 주사를 맞고 있는 한 명이 눈에 띄었다. 정맥에 직접 주사를 맞지 않고 피부에 맞으면 마약에 중독되지 않는다고 믿는 사람들이 많았다. 나로서는 둘 다 모를 일이었지만 그저 방안에 있는 다른 여자아이들도 마약을 하는지가 궁금했다.

거의 이십 분가량 기다려서 시내로 배달할 봉투를 받았다. 남자는 만약 봉투가 잘못되면 프랭크도 무사하지 못할 것이라고 했다. 우리는 봉투를 시내의 루즈벨트 병원 근처 아파트로 배달했다. 프랭크는 배달비로 받은 금액의 절반인 5달러를 건넸지만 내가 거절했다. 함께 감자칩을 몇 봉지 사서 먹으면서 업타운 방향으로 걸어오다 보니 할렘에는 아침 햇살이 쏟아지고 있었다.

집에 들어가자 엄마는 잔뜩 화가 나 있었다. 나는 잔소리하려는 엄마를 뒤로 하고 방으로 들어가 문을 걸어 잠갔다. 프랭크와 함께 사는 방안을 곰곰이 생각해 보았다. 프랭크는 책을 읽지 않고, 우리를 성가시게 하는 것들 말고는 딱히 대화할 이야기도 없었다. 반면에 부모님 집에서 나가서 살면, 만약 운이 좋아 여자 친구라도 생기는 경우에 집에 데려올 수 있었다.

스타이베선트 고등학교 추천도서 목록 마지막에 있던 책은 카뮈의 《이방인》이었다. 이방인의 주인공 뫼르소는 그야말로 이방인인 아랍인을 우연히 만나 살인을 한다. 재판관들은 심문 과정에서 뫼르소가 모든 일에 무심한 태도를 보인다는 것을 알고, 보통 사람에게서 우러나오는 감정에 아주 무심하다면 살인을 저질렀을 법하다고 결론을 내린다.

책을 읽으면서 나는 자신이 저지른 살인에 냉담한 뫼르소를 이해하고 있었다. 뫼르소를 심문한 판사들은 뫼르소를 이해하지 못했다는 생각이 들었다. 살인은 근본적으로 악한 행동이지만 그 행동에서 사람을 분리할 수 있다면 어떨까? 여전히 악한가? 프랭크는 정신을 잃었다가 깨어나 엄마를 비난한 사람들이 자신의 손에 죽어 있는 걸 깨달았다. 프랭크는 살인에서 악의를 분리했다. 아니 분리한 걸까?

또 하나 내가 찾아낸, 아니 찾았다고 생각한 것이 있었다.《이방인》에서 '무심하게 거리 두기'는 수단으로 쓰였다. 카뮈는 자신의 주인공에게 정상적인 방식으로는 살아 낼 수 없는 삶을 주었다. 어떻게 뫼르소가 사랑하는 사람들과 잘 지낼 수 있을까? 그들은 뫼르소가 자신들과 감정을 공유할 것이라고 생각하는데? 자신들은 이미 익숙하고 능히 감당할 수 있는 그런 감정을? 기소 검사는 책에서 우스꽝스러워 보이게 표현되지만, 사실 검사와 재판장이 내린 판결은 주인공이 매일 마주하는 보통 사람들이 내리는 판결과 같지 않을까? 하지만 카뮈는 주인공에게 도망칠 길을 열어 주었다. 그 길이 비록 다른 사람들은 쉽게 선택하지 않을 길이라 해도. 카뮈는 뫼르소가 우발적으로 폭력적인 행동을 저지름으로써 자기 인생의 딜레마에서 스스로를 제거하도록 해 주었다. 나는 이런 의도적인 무심함에 대해 글을 쓰고 싶었다. 세상이 기대하는 감정에서 자신을 떼어 낼 수 있는 사람들이 어떤 일을 하는지 쓰고 싶었다.

나는 벨레뷰 병원으로 가서 여러 가지 검사도 받아야 했다. 배트맨에 나오는 조커처럼 보이는 담당자가 검사를 맡았다. 각종 검사를 하는 데 거의 한나절이 걸렸는데 지능 검사와 심리에 관련된 검사도 여러 가지 했다.

벨레뷰 병원은 시립 병원으로 크기도 컸지만 믿을 수 없을 만큼 암울한 분위기였다. 내가 가야 했던 복도의 벽은 원래 녹색이었던 듯하지만, 나무 벤치에 앉아 조커가 부르기를 기다리면서 보니 더러운 회색에다 군데군데 페인트칠이 벗겨져서 덧칠한 곳도 있었다. 바퀴벌레들에게는 바닥에서 천장까지 가는 불법 통로를 알려 주는 표지판 역할을 할 것 같았다. 한 친구가 이곳이 최고의 병원이라고 했던 기억이 났다. 15분만 앉아 있으면 죽어도 상관없다는 생각이 드니까.

검사가 끝나자 나한테는 홀리데이라는 선생님이 배정되었다. 돌아오는 주에 반드시 벨레뷰 병원으로 다시 가서 면담을 해야 했다.

뭐가 뭔지 알 수 없었다. 분명 여태껏 한 번도 범죄를 저지른 적이 없는데, 이제 와서 갑자기 온갖 검사며 면담을 해야 하는 상황에 처했다. 나는 어떻게 이 부서에서 저 부서로 옮겨졌는지, 어떻게 분류되었는지, 내 단점에 대해 어떤 충고를 받았는지, 어떤 지독한 경고가 날아왔는지를 쓰기 시작했다. 누락되는 내용이 없도록 분 단위로 나누어 자세히 썼다. 그런데 눈앞에 닥친 일을 감당하느라 점점 더 거리를 두고 상황을 관찰하게 되면서 나는 점점 더 뫼르소가, 소설 속의 등장인물이 되어 갔다. 카뮈, 즉 작가가 아니라.

열일곱 살은 처음이라서

글쓰기에는 점점 더 속도가 붙었다. 학교가 아니라 센트럴파크에서 주로 시간을 보낼 때는, 책도 일 주일에 세 권에서 네 권 정도 읽었다. 학교에 다시 돌아가게 되면서는 한 주에 두 권만 읽고 미친 듯이 글을 쓰며 시간을 메웠다. 그러느라 숙제는 해갈 수 없었다. 교과서를 펼쳐 그날의 숙제를 확인은 했지만 곧 다시 나만의 책 읽기와 글쓰기로 빠져들었다. 소설을 습작하는 데 공책이 점점 더 많이 들어가고, 아빠가 직장에서 가져오는 서류 종이는 자작시, 혹은 책이나 희곡에 관한 짧막한 논평으로 도배되어 쌓였다. 나는 책을 읽고 나면 서로 연결고리를 찾으려 애썼다. 프리드리히 니체의 전기는 《차라투스트라는 이렇게 말했다》와 아서 쾨슬러의

《정원의 어둠》은 카렐 차페크와 연결시켜 보았다. 이런 연결고리는 온갖 비평문과 감상문뿐만 아니라 세상의 모든 책을 다 읽은 것 같은 우리 국어 선생님이 간단히 언급하고 넘어간 내용에서도 찾았다.

한동안은 매일매일 학교에 갔지만 얼마 지나지 않아 며칠씩 결석하기 시작했다. 학교에 간 날도 선생님들이 어차피 내가 질문에 대답하지 못할 것을 잘 알기 때문에 이름을 부르는 일은 극히 드물었다. 결석을 하면 기분은 좋지 않았지만 마음은 편했다. 교실에 멍하니 앉아 알아듣지도 못하는 수업을 듣지 않아도 되고 내신 성적과 SAT 걱정만 한가득인 아이들의 수다를 듣지 않아도 되었으니까. 그 아이들이 나보다 훌륭한 학생이라는 점에는 의심의 여지가 없었다. 나는 불행했고, 그 느낌을 담아 죽음과 고립을 주제로 깊은 슬픔이 담긴 시를 썼다. 나라고 생각했던 자아를 추모하고, 동시에 내가 되어 가는 자아를 받아들이고 있었다. 나의 자아는 분명히 자각하고 있었고, 그 모든 면면과 면면의 차이를 수치스러워했다. 나는 똑똑했고, 그래서 똑똑한 것과 상관없는 일에만 관심을 보이는 사람들에게서 나 자신을 끊어냈다. 나의 관심사는 오로지 문학과 철학이었지만 덕분에 나는 스스로 선택한 학교에서 문제아가 되었다. 나를 숨기고 싶었고, 내가 느끼는 추악함을 드러내고 싶지 않았다. 그렇지만 숨기기에 180센티미터가 넘는 키는 너무 컸고, 행동과 자세는 너무 거칠었다.

날이 따뜻해지자 학교 대신 센트럴파크에 가서 종일 책을 읽었다. 제임스 조이스의 《젊은 예술가의 초상》을 시작했는데, 읽기 시작하자마자 스티븐 디덜러스가 아는 사람 같았다. 스티븐은 자신을 둘러싼 환경을 흥미롭게 관찰했는데 나 역시도 그랬다. 스티븐에게 엄마는 갈등의 원천이었고, 나에게도 그랬다. 결국 스티븐이 엄마를 떠나는 것이 나로서는 안타까웠다. 나에게도 그렇게 강한 신념이 생길지 알 수 없었다.

엄마를 생각하면 마음이 아프다. 엄마는 내 마음에 어떤 변화가 생기고 있는지 몰랐고, 시간이 아무리 흘러도 알 수 없었을 것이다. 엄마와 나는 갈라진 길에서 각자의 정체성을 쌓아가고 있었다. 나는 엄마가 어떤 사람인지 진정으로 알았던 적이 없었다. 오랜 시간이 흐르고 엄마가 세상을 떠난 후에, 아빠는 엄마를 처음 만났을 때를 회상하며 말투가 정말 이상했다고 했다. 펜실베이니아식 네덜란드어 악센트에 독일어식 표현이 섞인 엄마의 말을 전혀 알아듣지 못해서 보통 때처럼 그냥 웃어 버렸다고 했다. 그게 아빠의 방식이었다. 엄마의 오래전, 젊은 시절 사진을 본 적이 있다. 엄마는 반짝이는 파란색 드레스를 입고 있었다. 까만 액자를 두른 것 같은 머리 모양을 하고 사진관 의자에 앉아 있는 엄마는 섬세하고 우아해 보였다. 그 사진을 찍었을 때의 엄마와 이야기를 나눌 수 있었다면 좋았을 것이다. 이야기를 나누는 옆에는 재즈 피아니스트 팻츠 밀러가 있어 굵고 강인한 손가락으로 피아노 건반을 매혹적으로 두드리며 그 큰 눈으로 엄마를 훔쳐본다. 엄마는 어떤 인생을 기대했을까?

엄마는 내게 처음으로 글 읽는 목소리를 들려준 사람이기도 했다. 단어를 구성하는 요소로서 글자를 이해하는 데서 벗어나 글을 내 것으로 만들도록 이끌어 주었다. 인쇄된 글자들은 종이에서 나와 내 머릿속에서 춤을 추었다. 그 후, 십 대 시절을 거치면서 내 안에서는 나만의 목소리가 자랐다. 하나는 여전히 엄마의 아들인 어린아이 목소리였지만, 다른 하나는 엄마는 이해할 수 없는 복잡하고 지성적인 목소리였다. 어디가 아프다고 말한다면 엄마는 나를 따뜻하게 안아 주었을 것이다. 하지만 인간의 유한성에 무슨 의미가 있는지 생각하느라 머리가 아프다고 말한다면, 엄마는 어리둥절했을 것이다. 어린아이 같은 부분을 모두 지워 버리지는 못했지만, 커버린 내가 이해하는 생각과 쓰는 말은 어린아이의 것만은 아니었다.

스티븐 디덜러스는 자신이 죽기 전에 함께 기도하자는 엄마의 부탁을 거부했고, 뫼르소는 엄마의 죽음에 거리를 두었다. 하지만 나의 엄마는 내 인생을 연 열쇠였다. 아빠가 나에게 남자가 되는 법을 가르쳐 줄 수 있었던, 아니 가르쳐 주어야 했던 때가 되기 훨씬 이전에, 엄마는 나를 포근히 안아 주며 인간이 된다는 것이 어떤 의미인지 말없이 가르쳐 주었다.

어느 여름에 듀크 엘링턴과 빌리 홀리데이를 보러 아폴로 극장에 갔었다. 듀크 엘링턴 밴드의 연주는 즉흥적이고 유려하고 놀라웠다. 빌리 홀리데이가 공연 마지막 순서로 등장하자 관객들이 미친 듯이 환호성을 질렀다. 하지만 빌리 홀리데이는 첫 번째 큐 사인을 놓쳤고, 위스키에 취한 탓에 노래마저 어눌했다. 관중석에서 헤로인을 더 맞아야 하는 것 아니냐는 야유가 나왔다. 엘링턴의 도움을 받아 겨우 몇 곡을 끝낸 빌리 홀리데이는 도망치듯 무대를 떠났다. 빌리 홀리데이가 무대에서 추한 모습을 보였다는 이야기는 극장 가득 퍼졌고, 그가 떠난 이후에도 오래도록 계속되었다. 빌리 홀리데이는 인생에서 무엇을 기대했을까?

나를 맡은 홀리데이 선생님 방에 가려면 회색 복도를 따라 오래 걸어 내려가야 했다. 선생님 방이 병원에서 가장 깊이 파인 곳에 있는 것 같았다. 아이큐 시험에서 그렇게 좋은 성적을 받지만 않았어도 나는 그저 못된 반항아 취급을 받았을 것이다. 하지만 나는 공식적으로 똑똑하다는 것을 인정받았고, 덕분에 정서 장애가 있는 아이가 되었다. 복도를 따라 쭉 늘어선 벤치 사이마다 문이 있었고, 문마다 반투명 창문과 함께 직함과 이름이 깔끔하게 인쇄된 이름표가 붙어 있었다.

"월터, 화가 나는 대상이 있니?"

"아니요."

내가 대답했다. 솔직히 그랬다.

"그렇다면 지금 뭐가 문제니?"

나는 어깨를 으쓱했다.

"열일곱 살로 산다는 건 가끔씩 힘들지. 그렇지 않니?"

나로서는 알 수 없었다. 열일곱 살은 처음이고, 다른 아이들은 어떻게 살고 있는지 몰랐으니까. 열일곱 살은 뭐가 다른가?

홀리데이 선생님은 흑인 여의사로, 예쁜데다 체취도 향긋했다. 하지만 그 말을 입 밖으로 내지는 않았다. 테스트 성적을 본 선생님이 내 시력에 문제가 있어 색상을 잘 알아보지 못하는 것 같다고 말했을 때도 나는 말을 참았다. 사실 비록 시력이 조금 좋지 않아 색깔은 잘 구별하지 못해도 향기는 아주 잘 맡을 수 있다고 말하고 싶었다. 냄새 맡기는 내가 타고난 특기 두 가지 중 하나였다. 코끝을 밀어 올려 모공에서 기름이 터지게 할 수 있는 것이 다른 하나였다. 선생님은 내가 얼마나 똑똑한지 칭찬도 해 주었다. 감사할 따름이다. 진료실에는 아무 때나 와서 아무 이야기나 털어놓아도 된다고 했다. 그런데 선생님은 내 이름을 자꾸 월터 딘이라고 잘못 불렀다.

아주 오랫동안 이야기를 나누는 내내, 나는 선생님이 원하는 만큼 똑똑해 보이려고 애를 썼다. 선생님은 다음 주 같은 시간에 또 오라고 했다. 잊어버릴 수 없는 약속이었다. 잊어버리면 학교와 더불어 시청과도 문제가 생길 테니까. 홀리데이 선생님의 진료실에서 복도로 나오니, 호리호리한 흑인 여자아이 한 명이 복도 벤치에 걸터앉아 있었다. 아이는 긴 두 다리를 꼬았다기보다 서로 휘감은 채, 양손으로 머리를 감싸 쥐고 있었다. 이쪽 벽의 나는 어떤 모습으로 비치는지 궁금했다. 집에 도착하자 엄마가 시립 병원은 어땠냐고 묻기에 다 괜찮았다고 했다. 나의 엄마는 그 외에는 뭘 물어야 할지 몰랐다.

그날 밤, 숙제를 펼쳤다가 곧바로 한쪽으로 치워 버렸다. 제임스 조이스의《율리시즈》를 집어 들고 읽기 시작했다. 자정이 다 될 때까지 읽다가 뭘 좀 먹으려고 잠깐 멈췄다. 엄마가 해둔 스파게티를 먹을 생각이었다. 인간이 다른 동물을 죽이고 그 고기를 먹을 권리가 있는지 의구심이 들었기 때문에 육식을 그만둔 때였다. 엄마는 자신과 아빠가 먹을 스파게티 소스 말고도 나를 위해 고기가 안 들어간 스파게티 소스를 따로 만들었다.《율리시즈》는 읽기 쉽지 않은 책이라는 이야기를 전부터 들었기 때문에 그 책을 이해하고 좋아할 수 있기를 몹시 바랐다. 하지만 방의 불을 끄면서는 내가 읽을 수 있는 책이 아니라는 사실을 명확히 알게 되었다. 제임스 조이스가 내 기대를 저버렸다는 생각이 들었고, 하나님마저 그런 것 같았다.

당시 신문은 온통 로젠버그 부부를 다룬 기사로 떠들썩했다. 에셀 로젠버그와 줄리어스 로젠버그는 앞서 6월에 소비에트 연방의 스파이라는 죄목으로 사형을 당했다. 나는 아주 현실적인 방식으로 나 자신의 사형 집행을 상상했다. 집행일은 아마도 내 졸업식, 아니 적어도 졸업하기로 되어 있는 날이 될 것이다. 나는 가끔씩 마음 내킬 때만 학교에 간 덕분에, 학교생활에서 점점 더 뒤처지고 있었다. 그날이 오면, 반 친구들이 졸업하고 그중 대부분이 대학에 진학하고 나면, 나는 세상으로 내쳐질 것이다. 하지만 내가 내쳐지는 방식은 뫼르소와는 다를 것이다. 뫼르소는 자신의 사형장으로 비틀거리며 나아갔지만 나의 죽음은 아랍인의 죽음과 비슷할 것이다. 아무 의미 없고 아무도 기억하지 않으며 오로지 서류상에만 기록되는 죽음.

센트럴파크에서 전에 프랭크를 공격했던 불량배들과 마주쳤다. 요트를 띄운 호수 쪽에서 책을 읽고 있는데, 넷이 줄지어 걸어오는 것이 보였다. 그중 하나가 내 얼굴을 알아보고 나머지에게 큰소리로 알렸다. 놈들로서는 자기 구역을 벗어난 곳이기 때문에 할렘에서만큼 자신만만하지는 않았다. 한 놈이 칼을 꺼내들기에 나도 칼을 꺼내서 칼날을 편 다음, 정확히 놈을 향해 걸어갔다. 옆에 있던 백인들이 벤치에서 슬금슬금 물러나기 시작했다. 내 나이쯤 되었거나 조금 어릴 것 같던 그놈은 바로 꼬리를 내렸다. 넷 중에 하나가 총을 가지고 올 테니 꼼짝 말고 있으라고 소리쳤다.

지역 갱단 놈들과 마주친 일로 나는 무서워졌다. 나는 사람을 다치게 하는 것이 아무렇지 않았다. 그게 놈들과 나의 유일한 공통점이었고, 놈들도 그걸 잘 알았다. 하지만 그건 내가 살아가고 싶은 인생이 아니었고, 직물 지구의 인부로 낙인찍히는 것보다 나을 바가 없었다. 시간의 문제일 뿐, 나는 언젠가 놈들 모두 혹은 그

중 몇 놈과 결판을 내야 한다는 것을 알고 있었다. 집으로 오는 길에 놈들과 마주치는 상상을 했다. 내가 잠깐 정신을 잃었다가 깨어나 보면 놈들이 모두 죽어 있는 상상이었다.

홀리데이 선생님과의 두 번째 면담은 잘 지나갔다. 선생님은 집에서 지내기는 어떤지 물어본 다음, 여자와 성관계를 가져 보았는지 물었다. 나는 그렇다고 대답했는데 그게 사람들이 나에게 기대하는 대답이어서였다. 나는 흑인이고 열일곱 살이었으니까. 아이들에게 들은 말이 사실이라면, 내 또래 아이들은 모두 성관계 경험이 있었다. 자리에서 일어서려는데 선생님이 마지막으로 물었다.

"흑인이라서 좋니?"

진짜 하고 싶은 그 무엇

예상치 못하게 맞닥뜨린 질문이었다. 흑인이라서 좋으냐고? 홀리데이 선생님은 젊은 흑인 여자 의사였다. 백인 의사였더라도 그렇게 단도직입적으로 물어봤을까?

"네. 당연하죠."

나는 그렇게 대답했다.

선생님은 잠자코 내 대답을 받아들였다. 달리 내가 뭐라고 대답할 수 있었을까? 하지만 사실대로 말하자면, '흑인'이라는 것이 어떤 의미인지 정말로 모르겠다고 해야 했다. 어린 시절에 커서 뭐가 되면 좋겠냐는 질문을 받았을 때, 결코 '흑인'이나 '검둥이' 아니면 '유색 인종'이라고 대답하지는 않았다. 한동안은 '변호사'라고 대답했고, 과학 선생님인 마커스 선생님을 좋아하고 있을 때는 '과학자'라고 대답했다. 더 커서는 '철학자'까지도 생각해 봤었다.

십 대의 나에게는 나를 정의하는 문제가 중요했다. 나는 생각하는 존재였고, 이 세상에서 나에게 맞을 자리는 어디인지 알고 싶었다. 혹시 자신을 정의하는 일이 중요하다는 것을 내가 깨닫지 못하더라도, 내 주위에는 내가 누구이며 어떤 존재가 되고 싶은지 세상에 알리는 것이 얼마나 중요한지 망각하도록 놔두지 않는 사람들이 많았다. 인문계 고등학교에 들어간 이후에는 앞으로 나갈 방향이 어디가 좋을지 알려주는 적성 검사를 여러 번 치렀다. 진로 상담 선생님은 열여섯 살이었던 나에게 대학에서 뭘 전공하고 싶으냐고 물었다. 내가 글을 배운 이후로 어른들은 커서 뭐가 되고 싶으냐고 끊임없이 물었다.

그런데 그게 다 무슨 말일까? 내가 어른이 돼서 무엇을 하고 싶은지 그때 어떻게 알 수 있었을까? 한 번도 어른이 되어 본 적이 없고, 내가 원하는 일이 무엇이든 그 일을 실제로 하는 어른을 아무도 알지 못하는데? 나는 남자지만 해부학적으로 그런 거지 그 외에 무슨 의미가 있는지는 알지 못했다. 그렇다하더라도 인종이라는 개념에 비하면 진로와 남성성은 훨씬 명확한 편이었다. 언젠가는 먹고살기 위해 일해야 하니까 진로를 정해야 했고, 나한테는 남자 성기가 달렸으니까 남성성이 뭘 의미하는지는 당연히 알았다. 그런데도 혼란스러운 이유는 그때까지 듣고 읽고 본 바에 따르면 진로를 정하는 데도, 남성적이라는 데에도 서로 다른 정의가 있었기 때문이다. 내가 사는 할렘에서는 진로를 정한다는 건 아빠 표현대로 '막일'이 아니라 '좋은' 직업을 갖는다는 뜻이다. 아빠가 말하는 막일은 힘만 세면 할 수 있는 일이었다. 나에게 막일은 직물 지구에서 하는 일이나 그 비슷한 일이었고, 아빠가 하는 건물 청소 일도 막일이었다.

스타이베선트 고등학교에서 말하는 진로는 아주 달랐다. 반 아이들에게 진로는 앞으로 공부할 과학 분야를 정한다는 의미였다. 대학에서 전공할 과를 정하고 성적을 올리고 시험에 합격하고 어느 학교로 가고 싶은지 안다는 의미였다.

할렘에서는 남자가 된다는 것의 의미도 할렘 밖의 사회에서와는 달랐다. 남자가 된다는 것은 힘이 생기는 것이라고 생각했다. 힐렘에서 말하는 힘은 근육의 힘이었고, 허튼 수작을 참지 않거나 운동을 잘하는 사람이 된다는 뜻이기도 했다. 돈이 많거나 아니면 돈이 많다고 과시라도 하는 사람이라는 뜻이기도 했다. 대형 세단, 비싼 시계, 비싼 옷, 성적인 요소도 당연히 포함되었다. 소위 진짜 남자는 여자에게 관심을 쏟았다.

진로를 이야기하면서 시인이 되고 싶다거나 단편 소설을 쓰고 싶다는 사람은 아무도 없었다. 진짜 남자라면 책에 관심을 쏟아야 한다는 사람도 아무도 없었다. 하지만 내게는 진로와 남성성이라는 개념 모두 인종이라는 더 큰 개념의 하위분류에 지나지 않았다. 주요 직종을 생각하면 백인이 떠오르지 흑인은 떠오르지 않았다. 남성성의 경우 백인이면 정치권력이나 자본권력이 떠오르고, 흑인이면 근육질이 떠올랐다. 내가 정의하는 남성적인 흑인은 아주 드문 사례를 빼놓고는, 뚜렷한 경력이 없이 자신의 근육이 곧 남성성이라고 믿는 남자였다.

그렇게 내린 정의는 주변을 둘러볼 때마다 더 확고해졌다. 내가 배운 미국 역사는 백인, 그것도 대부분 남성이 이뤄 낸 업적이었고 흑인은 노예였다. 학교에서 가르치는 위대한 정치가, 위대한 작가, 위대한 작곡가는 모두 백인이었다. 내 조상도 과거 버지니아에서 노예였다. 하지만 과거 내 할아버지의 할아버지의 할아버지한테 벌어졌던 일이 지금의 나를 정의하는 걸까?

나는 아프리카와 연결 고리를 맺고 태어난 것이 아니다. 농구공을 드리블하거나 글을 쓰겠다는 마음을 먹고 태어나지 않은 것처럼 말이다. 그건 자라면서 점차 키워 온 재능이었고 내가 선택한 활동이었다. 아프리카계 미국인, 다시 말해 흑인이라는 건 그 단어가 지닌 의미를 자기 식으로 해석한 사람들이 내게 씌운 정의였다. 내가 자란 할렘에서는 사람을 연결하는 힘이 사랑과 생존이지 인종이 아니었다.

내 양아버지는 언젠가는 집을 마련하겠다는 기대를 품고 살았다. 가족이 잃어버린 남부의 땅 이야기도 자주 했다. 진주만이 공격을 당하고 2차 세계대전이 발발하자, 우리 가족도 다른 사람들처럼 분노했다. 작은 성조기를 여러 장 사다가 창문에 걸어 우리의 애국심을 보여 주었다. 전쟁 중 어느 해였던가, 아빠는 해군으로 참전해서 집에 없고, 크리스마스가 지나 트리를 모두 치울 때였다. 나는 조니 라이트본과 함께 돌아다니다가 누군가 버린 크리스마스 리스를 발견했다. 신문지 뭉치를 빨갛고 보송보송한 천으로 감싸 철사 테두리 안에 넣은 리스였다. 조니와 함께 빨간 천을 벗겨 냈더니, 신문에는 일본말이 인쇄되어 있었다! 우리는 당장 신문과 리스를 경찰서로 가지고 갔다. 체제를 전복하려는 가족이 불법적인 크리스마스 장식품을 버린 것이 분명하다고 말했다. 우리는 미국인이었다.

'검둥이'라는 명칭을 또렷이 들은 것은 열한 살 무렵이었다. 하지만 정말 유별나게 천박한 사람이 아니고서는 그런 말은 잘 하지 않는다고 생각했다. 에릭은 초대받는 생일 파티에 나는 흑인이기 때문에 갈 수 없는 걸 알았을 때부터 '검둥이'라는 것에 진짜로 의미가 생겼다. 그때부터 흑인들은 주로 어떤 일에 동원되었는지, 어느 학교가 흑인 입학을 허가하고 어디가 허가하지 않는지에 관심이 생겼고, 그때부터 흑인이란 인종을 오로지 부정적인 개념으로만 생각하기 시작했다. 흑인은 린치를 당하고, 흑인은 호텔에 들어갈 수 없고, 흑인은 더러운 식수대에서 물을 마시고, 흑인은 인종 출입을 허가하는 표지판을 찾아야 했다.

나는 자리를 잡고 앉아서 이렇게 중얼거려 본 적은 없었다.

"자, 이제 흑인이라는 것에 대해 생각해 보자."

그렇지만 흑인을 가리키는 말과 흑인이란 것이 의미해 온 내력, '검둥이', 노예의 이미지, 목 매달려 죽고 매 맞았으며, 버스 뒷자리에만 앉아야 하는 내 동족의 이야기가 나의 영혼 구석구석에 차곡차곡 쌓여 갔다. 그것은 마치 내가 평생 지니고 가야 하는 거대한 잔해 같았다. 흑인이란 아무리 좋게 봐야 백인이 못 되었다는 의미였다. 나에게 가장 분명한 것은, 흑인이어서 좋은 점은 하나도 없다는 거였다.

인종을 묻는 질문에 나의 대답은 흑인으로서의 정체성을 거부하고 다른 정체성을 택하는 것이었다. 백인은 물론이고, 인종으로 나를 규정할 수 없었다. 나는 나를 지적인 존재로 규정하면서, 백인 선생님이 해 준 말로 거듭 나 자신을 설득했다. 사람이 똑똑하기만 하면 인종 같은 건 아무 상관이 없다는 말이었다. 하지만 우리 집 형편으로는 대학은커녕 고등학교조차 다니기 힘들다는 사실을 아프게 깨달으면서, 새로 찾은 정체성마저 사라졌다는 사실을 함께 깨달았다.

"흑인이라서 좋니?"

홀리데이 선생님은 물었다.

"네."

나는 대답했다.

"당연하죠."

후회

　1954년, 그해는 시작부터 공황 상태였다. 스타이베선트에서의 마지막 학기가 시작되는 1월이었고, 나는 어떻게든 그 학기를 잘 보내야 한다는 생각에 사로잡혀 있었다. 반 아이들은 졸업 학기야 별것 아니라는 생각에 들떠 있었다. 대학 지원 서류는 이미 다 접수했고, 벌써 합격한 아이들도 많았다. 내신 성적은 공부를 얼마나 잘했는지 확인시키는 데나 필요했다. 나는 여전히 기적이 일어나길 바라고 있었다.

　신문은 다가오는 야구 시즌 기사로 벌써부터 떠들썩했다. 흑인 사회에서 발간하는 신문은 니그로리그가 완전히 가라앉았다고 보도했고, 사실 그런 것 같았다. 브루클린다저스 기사를 찾아 읽었다. 재키 로빈슨의 다리는 좀 어떤지, 길 호저스는 다가오는 시즌을 어떻게 생각하는지 등이었다. 스포츠는 여전히 매력적이었다. 야구팀을 좋아할 때는 사랑을 되돌려 받지 못할까 걱정할 필요도 없고, 다가갔다가 망신당하지 않을까 걱정할 필요도 없었다. 사람들이 모두 나를 거부할 때도 야구팀에게는 사랑을 퍼붓고 마음을 표현할 수 있었다. 그러다가 적절한 타격과 도루로 팀이 이기면 퍼부은 사랑이 돌아오면서 만족감이 밀려왔다. 승률을 찾아보고 나니 브루클린다저스도 강해 보였다. 그러기를 바랐지만 사실 믿지는 않았다. 아무리 내가 사랑하는 브루클린다저스라 해도.

급진 성향의 신문은 베트남에서 들려오는 기사로 도배가 되었다. 전쟁 상황은 분명 프랑스에게 불리하게 돌아가고 있었고, 신문 사설은 미국의 참전을 피해야 한다고 경고했다.

프랭크가 집에 놀러오면 엄마는 겁을 냈다. 내 방을 구경한 프랭크는 많은 책을 보고 놀라워했다. 작은 책장이 책으로 미어터지는 것도 모자라, 좁은 방 여기저기에 책 무더기가 쌓여 있었다. 프랭크는 전에 자신에게 배달을 맡겼던 123번가 남자가 돈을 떼먹은 약쟁이 하나를 손봐 주면 수고비를 주겠다고 제안했다고 했다. 아직 할지 안 할지는 결정하지 않았다기에 자세히 말해 보라고 했다.

"쟤는 정말 이상해 보여."

프랭크가 가고 나자 엄마가 말했다.

프랭크의 겉모습은 나의 속마음이었다. 프랭크는 지구에 떨어진 외계인 같아 보였고, 그래서 나는 프랭크가 좋았다.

나는 자신을 내가 아닌 다른 사람으로 생각하고 싶었다. 평범한 세상과는 상관없는 다른 사람으로. 자꾸 나를 주저앉히는 것 같은 세상을 대신할 세상을 창조하고 싶었다. 나의 우주를 확장시키려 애쓰며 열다섯 해를 보냈는데, 내 세계의 폭은 한 치도 넓어지지 않았고, 곤경에 처한 나에게는 그 어떤 경험도 어떻게 해야 할지 알려 주지 않았다. 홀리데이 선생님은 나에게 강점을 깨닫도록 도와주고 싶다고 했지만 나는 이미 내 강점을 알고 있었다. 문학에 대한 이해가 깊어지고 있는 것이 강점이었다. 그렇지만 그것 때문에 문학에 심취하느라 홀로 고립되었다. 하나님과 사람 사이에서 공명정대한 정의를 실현하겠다고 생각한 것이 강점이었다. 그것 때문에 같이 농구하던 친구들 사이에서 고립되었다. 진지한 성격이 강점이었다. 그것 때문에 성의 중요성과 인생의 즐거움에 눈을 뜬 주변 친구들 사이에서 고립되었다. 내가 잘 아는 강점들이 나를 죽이고 있었다.

학교에서 기적이 일어나기를 바라면서도, 그 기적이 이루어지려면 어쨌든 공부를 해야 한다는 사실을 누구보다 잘 알면서도, 책만 읽으며 시간을 보냈다. 우연히 사회주의 전문 서점을 찾은 김에 노동 운동 역사를 다룬 책을 읽었다. 한 주 동안 꼬박 프랑수아 비용의 책을 읽었지만 아무 감흥도 없었다. 한 주는 지크프리트 서순의 전쟁시를 읽고 깊이 감동했다. 지크프리트 서순의 글이 아니라

전쟁의 폭력성이 나를 끌어당겼다. 전쟁이 고귀한 명분을 건 싸움으로 느껴지다 보니, 참호에 쓰러진 내 모습을 자연스럽게 떠올렸다. 나는 죽음의 고통에 맞서 내 말의 무게를 가늠하고, 죽음이야말로 저버린 약속에 대한 만족스러운 답이라고 생각하면서 쓰러져 있었다. 나에게 무슨 일이 있었냐고 묻는 사람들을 상상했다. '이 사람은 결국 나가떨어진 건가요? 그렇게 똑똑하다더니 사람들 눈을 속인 건가요? 사람들 시선이 몰려 별 거 아니라는 것이 드러날 때까지 그런 척했던 건가요?' 아니면, '결국 검둥이가 되었나요? 직물 지구에서 땀을 뻘뻘 흘리며 수레를 밀었나요? 다른 검둥이들과 함께?', '공원에 앉아만 있었나요? 무릎에 책을 펴놓고, 독서에 빠진 척, 진짜 세상을 지나쳐 보냈나요?'라고 묻고 있었다. 만약 그 질문에 영광스러운 모험 끝에 사망했다고 대답할 수 있다면, 최소한 실패는 아닌 것이다.

홀리데이 선생님과 면담할 시간이었다. 선생님은 한 주 동안 무슨 생각을 했냐고 물었고, 나는 전쟁터에서 죽어도 그리 나쁠 것 같지 않다는 생각을 했다고 했다. 대답을 들은 선생님은 엄마에게 전화를 걸어 주중에 내가 자살을 시도한 적이 있냐고 물어봤다.

봄이 되고 학기말이 다가오면서 나는 점점 더 초조해졌다. 그토록 사랑하던 책들마저 감당하기 힘들었고, 스타이베선트는 견디기 힘들었다. 이미 갈 길이 보장된 3학년들은 다니는 둥 마는 둥 출석만 했다. 어쩌다 한 번 학교에 간 날, 평소 신경 써 주던 선생님이 앙드레 지드의 책을 건네며 최근에는 어떤 책을 읽고 있냐고 물었다. 가브리엘라 미스트랄라의 시를 읽고 있다고 대답했더니 선생님이 다시 물었다.

"글도 쓰니?"

그랬다. 여전히 쓰고는 있었지만, 글을 써 내려가는 일은 내게 점점 의미를 잃어 가고 있었다. 한때 내 시와 글에 있었던 논리성은 사라졌다. 이제는 너무 많은 생각의 찌꺼기와 함께 모호한 인용문이 가득했다. 며칠 전에 쓴 글도 이해하기가 힘들었다.

어느 날, 공원에서 프랭크를 공격했던 갱들과 또 한 번 마주쳤다. 열다섯 명쯤 되는 일행이 121번가를 따라 걸어오고 있었는데, 정신을 차리고 보니 나하고 간격이 몇 미터 되지 않았다. 한 놈이 나를 알아보자 놈들은 모닝사이드 애비뉴까지 쫓아왔다. 나는 발이 빨라서 잘 도망쳤지만 그중 두 놈이 우리 아파트 복도까지 따라와 덮쳤고, 싸움이 벌어졌다. 나는 한 놈이 휘두르던 짤막한 쇠사슬을 잡아채서 빼앗은 다음 휘둘렀다. 두 놈은 물러서더니 아파트 밖으로 나가 자기 패거리들을 불렀다. 나는 재빨리 옥상까지 뛰어올라간 다음, 옆 건물 옥상들을 뛰어넘어 동네에서 가장 구석진 건물까지 가서 숨었다.

그날 밤, 침대에 누워 낮에 있었던 일을 곱씹었다. 나는 갱과 관계된 모든 것이 미치게 싫었다. 머저리 같은 놈들이 마음대로 내 인생에 끼어드는데, 머저리 같은 인종 문제 때처럼 내가 할 수 있는 일이 없었다. 갱들에게는 세력권이 있었고 나는 그들이 세력권이라고 생각하는 곳에 살고 있었다. 그건 놈들에게 중요한 문제였고, 그래서 놈들은 나와 결판을 내고 싶어 했다. 갱들과 싸우는 나를 상상했다. 나는 놈들이 도저히 되갚지 못할 정도로 두들기고 있었다. 그러다가 놈들을 해칠 수 있다는 걸 알고 있었고, 해치고 싶었다.

그해 5월 17일, 연방 대법원은 '분리 평등'이라는 교육 철학이 위헌이라고 판결했다. 몇 해 전 브라운이라는 흑인이 자녀의 학교가 소속된 교육 위원회를 상대로 소송을 제기한 일이 있었다. 이 '브라운 소송'에서 '유색인종 지위 향상 협회'가 승소했고 흑인 사회에는 분리 정책의 종말을 기대하는 분위기가 조심스럽게 퍼졌다.

집에는 학교에서 보낸 가정 통신문이 점점 쌓여 갔다. 나는 중간에서 가로챈 통신문을 읽고 심지어 학교에 전화까지 해서 결석 이유를 설명했다. 학교 상담 선생님에게 병원의 홀리데이 선생님이 몇 주간 쉬면서 마음을 추스르라고 조언했다고 말했다. 선생님이 엄마가 직접 상황을 설명하라고 전하래서 그러겠다고 대답했다. 당연히 엄마에게는 이 말을 전하지 않았다.

학교를 가든지, 어떻게든 해결해야 했다. 결국에는 학교에서 엄마에게 전화를 걸어 내가 얼마나 오랫동안 결석했는지 알릴 테고, 또 문제가 커질 터였다. 하루는 마음을 굳게 먹고, 학교에 가서 상황을 보기로 했다. 혹시 난관에 부딪히면 '정서가 불안정한' 학생이라는 새로 얻은 페르소나를 내세워 어떻게든 빠져나갈 생각이 었다.

A노선 지하철에서, 할 말을 속으로 연습했다. 에릭이나 다른 중학교 동창들 눈에는 띄지 않기를 바랐다. 학기 내내 피해 다녔기 때문에 친구들은 나한테 무슨 일이 있는지 전혀 몰랐다. 나는 14번가에서 그대로 도망칠 뻔했다. 혼이 나는 것, 아니 곧 혼이 날 것이라는 사실 때문이 아니었다. 전에 경고를 듣긴 했지만 청소년 교화 시설까지 가지는 않을 것 같았다. 다만 부끄러운 모습을 전교에 광고하고 싶지 않았다.

아주 맑은 날이었다. 15번가는 텅 비다시피 한산했다. 등교 시간이 30분 지났으니까 평소대로라면 부리나케 교문을 향해 뛰는 지각생 한 둘은 보여야 했다. 시간을 다시 확인해 보았다. 출석 부르는 시간은 이미 지났겠지만 일 교시에는 십오 분밖에 늦지 않았다. 교실 문 앞에 선 나는 책을 옆구리에 끼고 교실 문고리를 당겼다. 잠겨 있었다. 뒷문으로 갔지만 뒷문도 잠겨 있었다.

"거기서 뭐하는 거냐?"

뒤에서 목소리가 들렸다.

돌아보니 멜빵바지 차림 아저씨가 서 있었다. 한 손에는 커피가 담긴 종이컵을 들고, 허리춤에 열쇠 꾸러미를 차고 있었다.

"저 이 학교 다니는데요."

내가 대답했다.

"그러냐? 방학했다. 교실에 교복이나 교과서 두고 간 거면, 개학
하는 구 월까지 기다렸다가 찾아야 될 거다."

끝이 났다. 정말로 다 끝나 버렸다. 학기는 끝났다. 졸업식은 이
미 했고, 스타이베선트 고등학교 3학년들은 각자의 삶으로 떠났다.

"구 월에 개학하나요?"

내가 물었다.

"그렇지. 원래 일정이 그러니까."

미심쩍어하는 대답이 돌아왔다.

학교를 나와서, 천천히 집으로 돌아오는 길에, 나는 울고 있었
다. 바랐던 삶에서 너무 멀리 와 있었다.

감미로운 십 대 시절

나는 열일곱이었고 방황하고 있었다. 아무 생각도 계획도 없고, 희망도 거의 없었다. 학교 일은 부모님한테 말하지 않았다. 그다음 한 주 내내, 그냥 등교하는 것처럼 매일 아침 일찍 일어나 집을 나왔다. 공원에서 읽을 책과 공책 한 권을 챙겨들고. 그렇지만 책은 읽지 않았다. 글도 쓰지 않았다. 종이에 적힌 글자들은 더 이상 아무 의미가 없었고, 어떤 글을 써도 내가 느끼는 절망을 표현할 수 없었다.

에릭이 전화했다고 엄마가 전해 주었다. 나를 만나고 싶어 한다고 했다. 졸업식장에서 나를 찾았을 에릭의 엄마가 눈에 선했다. 에릭에게 나는 어디 있냐고 물었을 것이다. 나는 수치스러워서 에릭을 볼 수가 없어서 전화하지 않았다.

마지막으로 학교에 갔다 온 이후로, 며칠 전까지만 해도 친숙했던 모든 것이 갑자기 낯설었다. 내 주위의 세상을 알아볼 이성이 사라져 버린 것 같았다. 아빠는 나와 일정한 거리를 두었다. 아빠는 나를 몰랐다. 아빠는 내가 어떤 사람이 되었는지 별달리 생각해 보지 않는다고 느껴졌다. 하루는 자정이 다 되어 집에서 나서는데 아빠가 불러 세워 어디 가느냐고 물었다.

"밖에요."

내가 대답했다.

아빠는 그냥 집에 있으라고 했지만 나는 싫다고 말하고 현관문을 나섰다. 그리고 밤새 센트럴파크를 어슬렁거렸다. 집에는 아침이 올 때까지 들어가지 않았다.

나는 종종 문을 걸어 잠그고 방에 틀어박혔다. 그럴 때면 엄마에게 저 아이가 지금 뭐하는 거냐고 묻는 아빠 목소리가 들렸다. 보통은 엄마가 잘 막아 주었지만 가끔씩 아빠 목소리가 내 방까지 또렷이 들릴 만큼 커질 때가 있었다. 나처럼 오래 방안에 꼼짝 않고 있는 건 세상 누구도 안 될 일이라고 했고, 엄마는 그냥 좀 내버려 두라고 대꾸하고는 했다.

오랜 시간이 지나서야 아빠를 가리고 있던 것이 부끄러움이라는 사실을 알게 되었다. 아빠는 글을 읽지 못한다. 아빠는 나처럼 성장한 아이에게 어떻게 다가서야 할지 전혀 알지 못했지만, 그 사실을 차마 나에게 말할 수 없었던 것이다. 훗날 아빠는 과거 강인했던 남자의 흔적을 모두 지운 채로 뉴저지 이스트오렌지의 재향 군인 병원에 누워 있었다. 나로서는 아빠에게 유일하게 의미가 있는 선물을 가져갔다. 내가 쓴 책이었다. 아빠는 책을 가만히 바라보더니 침대 옆에 있는 새하얀 탁자에 올려 두고, 미소를 지었다. 제발 그 책을 집으라고, 내가 쓴 글을 봐 달라고 애원하고 싶었다. 그건 내가 가진 모두이자 내 자신이라고. 아빠도 내 마음을 알았던 것 같다. 하지만 아빠가 할 수 있는 일은 아무것도 없었다. 종이에 인쇄된 글은 아빠와 나를 영원히 갈라놓은 암호였다.

프랭크에게 전화를 받았다. 배달 일을 또 하나 맡았다며 같이 가겠냐고 했다. 공원 입구에서 프랭크를 만나, 이번에는 어떤 일이냐고 물었다. 프랭크는 우리가 마약 거래책으로 추측하는 그 남자를 믿지 않았고 그 일을 하는 것에 대해 내 생각을 궁금해했다. 그일은 너무 위험하다고, 하지 말라고 말려 주기를 바라는 것 같았지만, 사실 내가 하고 싶었다.

123번가의 아파트에 도착하자마자 그 남자가 프랭크에게 욕을 퍼부었다. 거기에 나는 화가 치밀었다. 프랭크는 말없이 욕을 들으며 고개를 숙인 채 그저 양손만 바라보았다. 배달을 어떻게 할지 합의가 끝나고, 나는 기쁜 마음으로 그 추잡한 아파트에서 나왔다.

우선 지하철 96번가 역에서 파란색 재킷을 입은 백인 남자에게 물건을 건네받아야 했다. 프랭크는 우선 5달러를 먼저 받고, 물건을 무사히 가져오면 5달러를 더 받기로 했다. 아파트 밖으로 나온 프랭크는 나에게 정말 괜찮겠냐고 다시 물었다. 그럼, 괜찮았다.

완행 지하철이 96번가 역에 서자, 나는 뒤에서 따라갈 테니 프랭크에게 앞장서라고 했다. 96번가 역은 내리는 승객도 별로 없고 타는 승객도 거의 없었다. 내가 무릎을 꿇고 신발 끈을 괜히 만지작거리는 사이에 열차가 역을 떠났다. 승강장에는 파란색 재킷을 입은 백인이 기다리고 있었다. 별것 없는 사람 같아서 안심하는 사이에 프랭크가 그에게 다가갔다. 남자가 고갯짓으로 남자 화장실 쪽을 가리켰고 프랭크가 그를 따라 화장실로 들어갔다.

다음 열차가 들어오고 다시 나가도록 프랭크와 남자는 화장실에서 나오지 않았다. 어떻게 된 일인지 이상했다. 나는 출발한 열차가 역에서 완전히 사라지기를 기다려 화장실로 향했다. 그리고 일반 승객인 것처럼 문을 열었다. 한 칸에서 프랭크와 남자가 싸우고 있었다. 남자는 아등바등하는 프랭크를 변기 뒤쪽 벽으로 거칠게 밀어붙였다.

나는 남자의 목 부분을 노려 뒤에서 세게 두 번 찍어 내렸다. 남자가 프랭크 위로 고꾸라졌다. 나는 프랭크를 끌고 화장실 밖으로 도망쳤다.

"어떻게 된 거야?"

내가 물었다.

"새끼가 갑자기 덮치잖아."

프랭크가 벌벌 떨면서 목멘 소리로 대답했다.

함께 지하철 출구에 닿을 즈음에 화장실에서 나오는 남자가 보였다. 남자는 한 손에 총이 있었다. 프랭크와 나는 플랫폼 아래로 뛰어내려 지하철 선로를 따라 96번가 역에서 다음 역인 86번가 역까지 달렸다. 86번가 역에서 다시 승강장 위로 올라와서, 지하철을 기다리던 놀란 승객들을 뒤로 하고 센트럴파크로 도망쳤다.

"그 새끼가 우리를 속였어. 우리를 속였다고!"

프랭크가 이상하리만치 높은 목소리로 말했다.

프랭크는 백인 남자를 어떻게 손봐 주고 싶은지 끝임없이 지껄였다. 만약 프랭크가 진짜로 열 받는다면 그 남자를 죽일 수도 있을 테지만, 그렇지는 않을 것 같았다. 아마 자기만 흠씬 두들겨 맞거나 디 심한 꼴을 당하고 끝날 것 같았다.

프랭크의 한쪽 팔은 남자와 엎치락뒤치락하면서 벽에 긁힌 탓에 여기저기 까져 있었다. 우리는 물을 받아서 상처에 끼얹은 다음, 스낵을 파는 자판기로 갔다. 그리고 둘 다 커피와 도넛을 샀다.

"넌 아까처럼 그러는 게 좋냐?"

프랭크가 물었다.

아니, 좋지 않았다. 그건 야만스럽고 추악했다. 한편으로는 지하철 사건으로 가벼운 흥분이 일었다. 존재한다는 느낌. 강렬하지 않지만, 미약하지도 않았다. 그렇지만 나는 그런 느낌을 쉽게 다스릴 수 있었다. 거기엔 위험이 도사리고 있다는 것을 바로 알 수 있었다. 힘을 가졌다는 느낌은 나를 약에 중독된 사람들이 느끼는 안도감의 덫으로 끌어들일 수 있었다.

직물지구와 싸움은 연결되어 있었고 나는 그 둘을 분리해 생각할 수 없었다. 지하철 화장실에서 불안하지 않았다. 그날 저녁 집에 도착할 때까지도 불안하지 않았다. 무슨 일이 있었는지 기록했다. 더 지적인 사건으로 묘사하다가, 타자기에서 종이를 빼내 찢었다. 제 아무리 그렇게 쓰려 한다 해도 그건 지적인 사건이 될 수 없었다. 나는 바닷가를 걷다가 이방인과 마주치지 않았다. 그건 그냥 내 현실이고, 나를 둘러싼 삶이었고 나를 부르고 있었다.

프랭크는 123번가로 찾아가서 우리를 함정에 빠뜨린 그 남자를 죽여 버리겠다고 장담했다. 프랭크는 나를 마초라고 생각했고, 자신도 그만큼의 마초가 되고 싶어 했다.

홀리데이 선생님은 전에, 내가 한 이야기는 절대로 다른 사람에게 옮기지 않겠다고 말한 적이 있다. 면담 중에 지하철에서 있었던 일을 이야기하자, 선생님은 매우 놀라며 자세히 말해 보라고 했다. 괜히 말을 꺼냈다는 생각이 들었다. 선생님은 프랭크에 대해 계속 캐물었다. 엄마도 프랭크라는 친구를 아시니? 앞으로도 그 친구 일에 계속 엮일 것 같니? 그건 나도 모르는 일이었다. 나중에 선생님이 집으로 전화를 한 모양이었다. 그래서인지 엄마가 내게 무슨 문제가 생겼는지, 아직도 프랭크와 어울리는지 물었다. 나는 내 일에 신경 *끄시*라고 대답했다. 선생님이 프랭크에 관해 뭘 더 알아내서 뭐라고 전했는지는 모르지만, 엄마는 그 뒤로 며칠 내내 심기가 몹시 불편해 보였다.

프랑스군은 베트남전에서 지고 있었다. 신문마다 일명 '디엔비엔푸의 천사'라는 프랑스군 간호사 기사가 실렸다. 디엔비엔푸라는 마을이 공산군에게 넘어갈 때 프랑스군을 간호했다고 한다. 전에 윌프레드 오언이 쓴 드라마틱한 시를 읽은 적이 있는데 오언 자신도 1차 세계 대전에서 전사했다. 나는 간호사와 전쟁, 영웅적인 죽음을 주제로 한 낭만적인 시를 쓰기 시작했다.

한 주 후, 프랭크가 처참하게 얻어터진 몰골로 나타났다. 공원에서 어떤 남자 두 명이 따라오더니 그래 놨다고 했다. 우리보다 나이가 많은 놈들이었는데, 123번가 아파트 패거리 같다고 했다. 예상 밖의 일이었다. 정말로 어떤 놈 주먹에 이렇게 맞는다면, 프랭크는 그 놈들을 죽일 거라고 생각했기 때문이다.

프랭크는 원래 허가 없이 뉴욕시를 벗어나면 안 되는데도, 필라델피아로 가기로 마음먹었다. 아빠 친구 한 명이 거기 산다고 했다. 위험한 생각이었다. 프랭크는 여전히 법의 감시 아래 있었고, 누군가 군이 확인하려 들면 언제든지 시설로 돌아가야 할 위태로운 처지였다. 게다가 필라델피아에서는 먹어야 할 약도 구할 수 없었다. 그래도 얻어터지는 것보다야 나을 거라는 생각에 42번가의 포트 오써리티 버스 터미널까지 걸어가서 프랭크를 배웅해 주었다. 프랭크는 여기 상황이 좀 잠잠해지면 돌아오겠다고 했고, 필라델피아에서 먼저 자리를 잡게 되면 꼭 연락하겠다고도 했다.

그동안 나는 프랭크에게 집착했었다. 프랭크가 통제 불능의 삶을 살고 있다고 생각했다. 그 삶에서는 자신의 존재도 자신이 한 일도 아무것도 책임질 필요가 없었다. 프랭크가 좋기도 했다. 나란히 앉아 프랭크의 아버지 이야기를 듣는 것이 좋았다. 거의 다 지어낸 이야기 같았지만, 그런 건 상관없었다. 부드러운 바리톤 음색으로 부르는 슬픈 노래가 좋았다. 프랭크가 떠나면서 더 이상 나빠질 수 없다고 생각했던 세상이 갑자기 더 나빠져 버렸다. 프랭크를 공격했던 갱들에게 쫓기면서도, 나는 프랭크가 걱정이 되었다. 그리고 그게 누구든 프랭크를 두들긴 놈들도.

프랭크를 태운 버스가 떠나고, 나는 걸어서 집으로 돌아갈 생각이었다. 피곤했지만 침대에 누워 봐도 별 도움이 되지 않을 것 같았다. 터미널을 나서기 전에, 모병 간판에 들러 입대 가능 연령이 몇 살이냐고 물어봤다.

"만으로 열여덟 살부터다. 부모 동의가 있으면 만 열일곱도 되고."

"부모님이 돌아가신 경우는요?"

빳빳한 군복 차림 군인은 어깨를 으쓱하더니 옆에 있던 부사관에게 물었다. 양친이 모두 사망한 경우면 만으로 열일곱 살부터 입대할 수 있을 거라고 했다. 나는 만으로 열여섯이었지만, 8월 12일이면 열일곱이 된다.

생일날 아침 오전 9시, 나는 125번가의 비숍 빌딩에 있는 모병 센터에 있었다. 만으로 열일곱이 되었으니 입대 조건을 충족했다. 입대 전, 필기시험이 있었다. 시험을 치르고 나자 한 흑인 병장이 와서 여태껏 자기가 본 중에 가장 높은 점수라고 했다. 병장이 내민 지원 서류를 받아 빈칸을 채워 다시 냈다. 서류를 훑어본 병장은 정말 입대할 생각이 확실하냐고 물었다. 그렇다고 대답하자 병장은 내 서류를 박박 찢었다.

"넌 여기 서명만 해라. 나머지는 내가 채울 거니까."

나는 서류에 서명을 하고 병장이 나머지 빈칸을 채우는 모습을 지켜보았다. 병장은 다 쓴 서류를 건네주며 확인하라고 했다. 병장이 즉석에서 만들어 준 새 이력은 깔끔했다. 부모는 사망했고, 채식주의자라는 사실은 아예 없어졌다. 병장이 3일 후에 다시 연락하라고 했는데 3일 후 전화해 보니, 입대가 확정되었다고 했다. 예정일은 돌아오는 월요일이었다.

나는 잠자코 있다가 주말에 엄마 아빠에게 입대 사실을 알렸다. 엄마는 울면서 왜 그랬냐고 물었는데 나는 뭐라고 말해야 할지 알 수 없었다. 인생을 낭비해 버렸다는 데서 오는 수치심의 정체를 아직 정확히 알지 못할 때였다. 열여덟의 나로서는 어차피 인생이 끝난 것 같았다. 게다가 그렇게 책을 읽고 글을 썼지만, 내가 느끼던 상실감을 제대로 표현할 수가 없었다. 인생이 무엇인지 잘 몰랐고,

내가 어디서 길을 잃었는지, 따라가던 이상이 무엇인지 알 수가 없었다. 나는 단지 집에서 멀어지고 싶다는 사실만 알고 있었다. 할렘에서, 나에게 앞으로 어떻게 살 거냐고 묻는 사람들에게서 멀어지고 싶었다.

아빠는 잘 됐다고, 나라면 가서 잘 지낼 거라고 말해 주었다. 아빠는 엄마에게 군대가 나를 남자로 만들어 줄 거라고 말했다. 나 들으라고 한 이야기였지만, 나쁜 뜻으로 한 말은 아니었다. 아빠는 무슨 의미로든 어엿한 남자가 될 수 있다고 나를 안심시키고 싶었을 뿐이었다.

미키 형에게 군대에 간다고 말했더니 자기도 가고 싶다고 했다. 그렇지만 왜인지 입대하지는 않았다. 다른 이복동생들, 버디와 소니와 로버트가 군인은 뭐하는 거냐고 묻기에 영웅적인 분위기를 풍기는 이야기를 지어내서 해 주었다.

집을 떠나던 날, 일찍 일어난 엄마는 늘 앉는 주방 식탁 앞에 앉아 있었다. 식탁에 놓인 재떨이는 타다 남은 꽁초로 벌써 반쯤 가득했다.

"몸 건강해라."

아빠가 말했다. 그리고 자신이 해병 복무 때 지니고 다니던 신약성서와 돈 주머니가 있는 허리띠를 주었다. 그것이 아빠가 내게 꼭 줘야 할 것들이었다.

엄마는 말이 없었고 우리는 서로를 쳐다보지 않았다. 나는 멀리 떠날 만큼 강해져야 했고, 엄마 없이 혼자 새 삶을 개척할 만큼 강해져야 했다. 엄마는 자신의 내면을 들여다보고 인생의 어떤 진실이 아들을 잃게 했는지 알아야 했다. 우리는 서로를 보고 있지 않았지만, 나는 엄마가 울고 있다는 것을 알 수 있었다.

이른 아침, 125번가 지하철역에서는 흑인 인부 선발대가 시내를 향해 가고 있었다. 우편물을 분류하고 짐을 나르고 혼잡한 뉴욕 시내 도로에서 끌차를 밀러 가는 것이었다. 내 작은 가방에는 바지 몇 벌과 속옷, 여벌 셔츠와 공책이 들어 있었다. 공책을 꺼내 글을 쓰기 시작하는데 열차가 덜컹거리며 역을 빠져나갔다. 할렘이 멀어졌다. 인생 일 막을 그렇게 내렸다.

대체로 멋진 여정

어린 시절부터 글을 썼지만, 글쓰기를 경력이나 직업으로 삼을 수 있다고 생각하지 않았다. 어린 나를 가르쳤던 국어 선생님들은 셰익스피어나 샐리나 키이츠 같은 작가도 원고료를 받았을까 생각하는 것조차 불경스럽다고 여겼던 것 같다. 주변 사람이나 가족 중에 글을 쓰는 사람이 한 사람도 없었지만, 그래도 나는 직업 작가가 되었다. 언뜻 전혀 말이 안 된다고 생각되는 환경이었지만, 돌이켜 보면 모든 것이 놀랍도록 타당해 보인다. 나는 지금 내가 해야 하는 일을 하고 있다.

먼저, 나는 평생에 걸쳐 뛰어난 독자였다. 책에 나오는 단어를 다 알기 아주 전부터 자신 있게 책에 다가섰다. 햇살이 따스한 할렘의 아파트에서 엄마와 나누었던 대화, 오로지 우리 둘 사이에서만 의미가 있었던 그 대화 덕분에 언어를 특별한 방식으로 쓸 수 있었고, 나만의 것으로 만들 수 있었다. 엄마의 이야기는 책이 보여 주지 않는 각양각색의 광경을 나에게 펼쳐 주었고, 그건 내 것이 되었다. '사우스 윈드'의 등을 타고 잘생긴 왕자를 찾아 나섰고, 다리 아래에서 거대한 괴물의 목소리가 들리면 몸을 떨었다. 그렇게 점점 더 많은 것을 내 것으로 흡수하게 되면서, 더욱더 많은 것을 흡수하고 싶어졌다. 파면 팔수록 계속 새로운 것이 나타났기에 나는 고고학자가 된 것 같았다.

그러다 우연히 발견해서 이끌렸던 것이, 아니 우연히 주어졌던 것이 고전 문학이었다. 많은 고전 문학 책들이 나를 나라는 사람의 캔버스로 이끌어 주었다. 문학을 읽으면서 마주한 가치를 받아들였다. 주로 어린 시절의 믿음이나 사회적 관습을 뒷받침하는 가치가 많았다. 독자로서의 자질이 나를 책으로 이끌었고, 책은 어떤 관념으로, 관념은 다시 더 많은 책과 더 많은 관념으로 이어졌다. 나는 그 관념 사이에서 천천히 움직이다가 글을 쓰게 되었다.

운도 좋았다. 십 대 시절에 맞닥뜨렸던 많은 사건에서 살아남았고, 결국 감옥에 가는 일도 없었다. 내가 집을 떠난 날은 1954년 8월 23일, 월요일이다. 입대하고 며칠 후에 경찰이 찾아와 부모님에게 내 행방을 물었다고 한다.

군 생활. 마비된 몇 해의 시간. 그 시간 동안 사람을 효율적으로 죽이는 법을 배웠다. 그 시간 동안 사람을 효율적으로 죽이는 법을 가르쳤다. 그 시간 동안 나는 성장하지 못했다. 열여덟 살 그대로였다. 솜털이 보송한 얼굴로 책에 매달리던 할렘의 이상주의자는 솜털이 보송한 얼굴로 피엑스에서 맥주를 들이키는 스물한 살 병장이 되었다.

전쟁을 말하던 온갖 시는 썩어 가는 살 냄새를 처음 맡은 순간 머릿속에서 사라졌다. 아무것도 생각하지 않는 분위기는 뜻밖의 선물이었다. 내 자신의 실패한 십 대 시절을 잊을 수 있었기 때문이다. 하지만 동시에 저주이기도 했다. 눈앞에서 펼쳐지는 모든 주변 상황을 보면 그랬다. 군대에 들어가면서 위험한 거리에서 도망쳤다고 기뻐했지만, 놓여날 때는 그 두 배로 기뻤다.

군에서 제대하고 수 년 동안, 나는 저임금 일자리를 전전했다. 부모님이 새로 이사 간 뉴저지 모리스 타운의 공장에서 일하기도 했다. 나중에는 월스트리트의 사무실에서 우편물 정리하는 일을 하다가, 마지막에는 우체국에 자리를 얻었다. 하지만 무의미한 일을 견디지 못해서 결국 해고당했다. 잡다한 일을 맡아 하던 우체국에서 얼마 떨어지지 않은 곳에는 스타이베선트 고등학교가 있었다.

책은 꾸준히 읽었지만 글쓰기는 완전히 포기했던 시기였다. 그러던 어느 날, 맨해튼 미드타운의 공사 현장에서 일하던 중에 문득 내가 인생의 밑바닥에 와 있다는 생각을 했다. 그날은 아침 내내 망치로 건물 내벽을 두드리면서 자재 파편과 먼지를 뒤집어썼다. 그리고 그 차림 그대로 보도에 주저앉아 점심을 먹던 중이었다. 같이 일하던 인부 하나가 나를 쿡 찔렀다. 예쁜 여자가 지나간다는 거였다. 동료의 치근대는 소리를 들으며 고개를 들었을 때, 여자의 얼굴에는 경멸의 빛이 어려 있었다. 내가 살고 싶었던 삶은 그런 것이 아니었다. 고등학교 국어 선생님의 말이 떠올랐다.

"상황이 어찌 되든, 글은 계속 써라."

그때 다시 글을 쓰겠다고 마음먹었다. 꼭 출판을 하겠다도 아니었고 글로 돈을 벌겠다도 아니었다. 나 자신이 육체만이 아닌 머리도 있는 사람이라고 스스로 생각할 수 있어야 했다. 퇴근하고 돌아가는 길에 작문 공책을 샀다. 그리고 그날 밤, 샤워를 마친 나는 다시 글을 써 내려가기 시작했다. 글을 다시 쓰자 신선한 느낌이 들었다. 다시 초등학생으로 돌아간 듯했다. 딱 맞는 단어를 찾으려 애를 쓰면서 언어의 음악을 다시 한 번 들었다. 내 시는 휘황했다. 내면의 생명력을 띠고 화려하게 나에게 감아 들었다. 시를 문학 계간지나 잡지에 보내고 답신을 기다렸다. 시가 내 손을 떠난 동안은 마음껏 상상했다. 시가 잡지에 실리고, 내 글을 낯선 독자가 숙고하고, 내 문장이 지하철 승객의 머릿속을 맴돌았다. 시는 거의 다 반송되었다. 그렇지만 나는 내 시의 결핍이 곧 불멸의 약속을 의미한다는 말을 덧붙여 다시 보내고는 했다.

한번 글을 쓰기 시작하자 멈출 수가 없었다. 시며 단편, 논문이나 심지어 광고 문구까지 무진장 썼다. 출판사에서 보낸 반송 사유는 버리지 않고 두었다가, 육 개월에 한 번쯤 차곡차곡 쌓아 올리면서 내가 얼마나 발전했는지 확인했다. 그런 다음 쌓아 올린 무더기를 싹 다 버리고 새로 시작했다. 마침내 잡지에 시가 몇 편 실린 것을 시작으로 단편이 몇 편씩 실리기 시작했다. 거의 다 영세한 계간 잡지였기 때문에 원고료는 내 글이 실린 잡지 몇 권이 다였다.

내 글쓰기의 전환점은 제임스 볼드윈의 단편 〈소니 블루스〉를 알게 된 때였다. 물론 글 자체도 아주 잘 썼지만, 흑인이 도시에 살면서 겪는 경험을 다뤘다는 점이 내게는 더 중요했다. 그런 이야기를 쓰고 출판한 제임스 볼드윈을 보면서 나 역시도 경험한 일을 글로 써도 된다는 자신감이 생겼다. 나는 어렸을 때 농구를 많이 했기 때문에 다음 소설은 농구 이야기를 썼고, 그 이야기는 처음 보낸 출판사에서 바로 채택했다. 이복형제 중에 웨인이 베트남에서 전사했을 때는, 그에 관한 글을 〈에센스〉지에 기고함으로써 슬픔을 견뎌 낼 수 있었다.

다른 흑인 작가들도 알게 되었다. 특히 기자인 척 스톤과 친분이 생겼고 흑인 작가인 존 O. 킬런스도 만났다. 존 킬런스가 나중에 제임스 볼드윈도 소개해 주었다. 제임스 볼드윈에게 〈소니 블루스〉가 내게 어떤 의미였는지 모두 다 설명하고 싶었지만 할 수 없었다. 알고 보니 제임스 볼드윈은 할렘의 우리 동네에서 어린 시절을 보낸 사람이었다.

"우리 모두가 그런 과정을 거쳐야만 했다는 것이 안타깝죠. 그렇지 않나요?"

제임스 볼드윈은 다 안다는 듯 그렇게 말해 주었다. 《젊은 피》, 《그리고 우리는 천둥소리를 들었다》의 존 O. 킬런스는 흑인 작가들의 모임인 할렘 작가 협회에도 나를 데려가 주었다. 그리고 글쓰기 작업 전반을 생각해야지, 어떤 책 한 권만 너무 깊이 파고드는 것은 좋지 않다는 조언도 해 줬다. 내 생각에는 아주 좋은 충고였다.

그러는 사이에 나는 대학을 나오지 못했는데도 책 읽는 기술 덕택에 좋은 직업을 여러 개 찾을 수 있었다. 큰돈을 벌지는 못 했지만, 글이라면 분야를 막론하고 다룰 수 있었기 때문에 다양한 방면에서 일할 수 있었다. 그건 직업을 찾는 다른 친구들에게는 없는 능력이었다.

나는 남성 잡지에 기사를 쓰거나 소설을 써서 조금씩 돈을 벌었다. 많은 돈은 아니었지만 덕분에 내 자신을 작가라고 부를 수 있었다. 그러다가 1968년, 흑인 작가를 대상으로 '범인종 청소년 책 협의회'가 주최한 문학대회에 출품했다. 내 소설이 당선되었고, 얼마 지나지 않아 책으로 출간되었다. 그 후 계속 어린이와 청소년을 위한 책을 써 오고 있다.

이 책을 쓰기 위해 기억의 조각을 되살려 가지런히 맞춰 나가는 과정을 거치면서, 내 인생의 출발점이 놀라울 만큼 경이로웠다는 결론을 내렸다. 아주 어린아이였을 때 받은 사랑과 관심 덕에 엄마 아빠를 기쁘게 할 수 있는 재주 이상의 재주를 익혔다. 하지만 여러 가지 의미에서 엄마 아빠와 편하게 소통할 수 있는 점 이상으로 성장해 버리기도 했다. 나는 운이 좋게도 교회와 지역사회 속에서 자랐다. 그곳에서 내가 가진 것들에 감사하는 법을 배울 수 있었고, 가끔씩은 무너지기도 했지만 그래도 언제나 만족하는 나 자신으로 돌아왔다. 어린 시절 내가 자란 지역사회에서 지금 내 글의 많은 부분을 차지하는 문화의 본질을 처음으로 접할 수 있었다. 이런 어린 시절을 지나면서, 말문이 자꾸 막혀 말보다 주먹이 빨리 나가던 그 시절을 가족들의 사랑 속에서 보내면서, 평생 누릴 언어를 내 것으로 만들었다.

마음속 깊은 곳에서는 언제나 올바른 일을 하고 싶었고, 좋은 사람으로 기억되고 싶었다. 사실 이 책에조차 내가 학교에서 교칙을 위반하면서 친 사고를 많이 빼버렸다. 지금의 기준으로 보면 나는 아마 과잉 행동 장애였을 것이다. 나로서는 스스로를 그냥 '분주한' 학생이었다고 생각하고 싶다.

어느 주말, 뉴저지 모리스타운에 사는 부모님을 찾아갔다. 새로 출간한 내 책도 보여드릴까 해서 챙겼다. 하룻밤 자고 아침에 아래층으로 내려오니 부모님이 주방 식탁에 앉아 있었다. 내 이야기를 하고 있었던 것이 분명했다.

"네가 하는 일이 뭐라고 했지?"

엄마가 물었다. 엄마 앞에는 내 책이 놓여 있었다.

"청소년 책 쓴다고요."

내가 대답했다.

"너는 꼬마 녀석이었을 때, 글을 많이 썼지."

아빠는 '꼬마 녀석'을 강조하며 말했다. 그리고 덧붙였다.

"이제는 어른이다."

"글은 어떻게 쓰는 거니?"

엄마가 아빠와 내 대화에 끼어들면서 물었다.

나는 보통 어떻게 생각을 떠올리고 이야기 얼개를 짜는지 자세히 설명했다. 그다음에는 타자로 치고 필요한 경우에는 다시 고친다고도 했다. 최대한 대단한 일로 들리도록 설명했다. 엄마 아빠의 표정에서, 아빠는 별로 그렇게 생각하는 것 같지 않았지만 엄마는 몹시 기뻐한다는 것이 느껴졌다. 나중에 엄마가 친구와 통화를 하면서 아주 자랑스러운 목소리로 당신의 아들이 '타자를 쳐서 먹고 산다'고 설명하는 것을 들었다. 무척 기뻤다. 하지만 어떤 면에서는 아빠가 옳았다. 나는 인생에서 순진무구한 시절로, 인간의 조건을 탐구하던 시절로 돌아갔던 것이다. 그리고 그 회귀를 아주 좋아하고 있었다.

글을 쓸 때면 내가 존중받는 세상으로 들어갈 수 있다. 글을 쓴다는 내 기술이 그 자체로 존중받는 세상이다. 내가 사는 세상에는 책을 사랑하는 독자가 있고, 언어와 생각이 빚어내는 음악을 향해 열띤 환호를 보내는 사람들이 있다. 대체로 멋진 여정이었고, 하나도 보잘것없지 않았다. '못된 녀석'이 걸어온 길 치고는.

나쁜 소년은 없다

초판 1쇄 펴낸날 2018년 11월 5일
초판 2쇄 펴낸날 2019년 10월 25일

지은이 월터 딘 마이어스
옮긴이 김선영
펴낸이 조은희
책임편집 한해숙
디자인 최성수, 이이환
마케팅 박영준
온라인 마케팅 정보영
경영지원 김효순
제작 정영조, 박지훈

펴낸곳 ㈜한솔수북
출판등록 제2013-000276호
주소 03996 서울시 마포구 월드컵로 96 영훈빌딩 5층
전화 02-2001-5823(편집) 02-2001-5828(영업)
전송 02-2060-0108
전자우편 isoobook@eduhansol.co.kr
블로그 http://blog.naver.com/hsoobook
책담 페이스북 https://www.facebook.com/chaekdam

ISBN 979-11-7028-267-9 43820

* 무단 전재와 복제를 금합니다.
* 이 도서의 국립중앙도서관 출판시도서목록(CIP)은 서지정보유통지원시스템 홈페이지
 (http://seoji.nl.go.kr)와 국가자료공동목록시스템(http://www.nl.go.kr/kolisnet)에서
 이용하실 수 있습니다.(CIP제어번호: CIP2018032837)
* 책담은 ㈜한솔수북의 인문교양 임프린트입니다.
* 책값은 뒤표지에 있습니다.

 책담 다른 내일을 만드는 상상